2001年春、『姫君』(文藝春秋) 刊行を前にして。
撮影・澤野泰利

マグネット

山田詠美

幻冬舎文庫

マグネット

目次

熱いジャズの焼き菓子

私は、西日が好きだ。西日の中にいる男も好きだ。でも、西日の当たる部屋に住む男には、お金がない。だから、いつも、私のカフェはここ、私のバーはここ、私のレストランはここ、そして、このクラブで踊りまくる。私の足にリズムを取らせるのは、ヒップバップ。最高に格好良いじゃない？　URBANATOR の“HOT JAZZ BISCUITS”。今日、泰蔵が、重大な告白をした。耳許で囁かれるのは、愛の言葉と普通決まっているものだから、私も、その調子で受け止めたものの、皮膚を粟立てたのは、お気楽な快感じゃない。彼は、私の耳に唇を寄せて、こう言ったのだ。おれ、今日、人を殺して来ちゃった。そして、そのまま、私の耳朶《みみたぶ》を噛み、チューインガムのように吐き捨てる。私の耳は貝の殻、誰の創《つく》った詩だったか、そんな常識も忘れて、私は、もう一度、彼の言葉を響かせる。おれ、今日、人を殺して来ちゃった。

「泰蔵、まずいよ、それ」

「うん。おれも、まずいと思う」

「そんな呑気《のんき》なこと言って……誰を殺して来たの？」

「みかみっていう定食屋のおばさん。貸した金返せっていうから頭来てさあ」

「……いくら借りてたのよ」

「三万円」

そう言って、彼は、手首にはめた真新しい時計を私に見せた。殺人と安物の時計のつながりを考えようとしたが、どうしても、現実感がない。殺人は、私にとって、日常語ではないから、どうしても、時計の印象の方が、自分を支配する。新しいモデルのG－ショック。泰蔵の太い手首に、すごく似合っている。と、思いつき、私はうろたえる。こんな非常時に、いったい、何を考えているのだ。

揉《も》み合っている内に首を絞めてしまった、と泰蔵は言った。目のはしが少し赤い。いつだったか、お気に入りのハーモニカを失《な》くした時も、こんな表情を浮かべていた。

「あれは、ハーモニカじゃない。ブルースハープっていうんだ」

ブルース!?　この男に、それ程、似合わない音楽はないように思うけど。

「どうしよう、黒木、おれ、人を殺したなんて初めてでさあ」

つき合い始めて一年もたつというのに、泰蔵は、私を名字で呼ぶ。みどりという下の名前で呼んで欲しいと思うこともあるが、そういう照れ臭いことはしない主義なのだそうだ。それを聞いた時、主義などという言葉が、内側のどこを捜しても出て来そうにもない彼のたたずまいを改めてながめまわして、私は、盛大に笑った。自分の女を名字で呼ぶこと。その程度のことが、彼の主義なのだ。

「初めてで良かったじゃん。何度も殺してたら、あんた、ここにいないよ。大丈夫だよ、私が付いてるから、なんて優しいことを言ってやる私みたいな女に慰められることもなかったんだよ」

泰蔵は、不意をつかれたというように、目を見開いた。

「慰めてくれるわけ？」

私は、頷《うなづ》いた。その瞬間、胸の動悸が激しくなった。私は、殺人犯の側に付くことを、この時、選んでしまったのだった。だって仕方がない。殺された定食屋のおばさんには同情するが、私は、彼女のことを知らない。泰蔵のことは、一年分知っている。そして、もっと、知りたい。

私は、ぼんやりと、泰蔵を見詰めていた。多分、常軌を逸しているのだろう、と自分自身を思った。体も心も、一瞬、動きを止めること。それから、蘇生するまでの数秒間。度肝を抜かれるって、こういうことかも。

泰蔵は、私を抱き寄せて、自分の腕を肩にまわした。私は、彼の胸の中に収まり、溜息をついた。息を吹き返したような気分だった。彼の手が私の顎の下にあった。G-ショックに浮き上がった時刻は、A 12:14 18。なるほど、この手で、人を殺して来たのか。

「黒木、これから、ボウリングやりに行かねえ?」

「えーっ? こんな時間に?」

「ほら、新宿のあそこ。初めて会ったとこあるじゃん、歌舞伎町の横の。ついでに、卓球もやろうぜ」

「本気なの? なんで、ボウリングなの?」

泰蔵は肩をすくめた。

「やりおさめ」

バイト仲間たちとの飲み会のついでに寄ったボウリング場で、私は、泰蔵と出会った。今のように、田舎のコンパ会場みたいなしゃらくさいブラックライトの点《つ》く前のことだ。私たちは、慣れない新宿の雰囲気と、酔いにまかせて思いついたボウリングという時間つぶしに、興奮して、はしゃいでいた。そして、その横のレーンで、黙々と、ストライクを出していたのが彼だった。異様だった。何故なら、彼は、たったひとりで、ゲームを続けていたからだ。

私たちは、くすくすと笑いながら泰蔵を見た。彼は、そんな隣の様子を一向に意に介さず、ボールが戻って来るのを腕組みをしながら待ち続けていた。

「相当、変わってない？　あの男」

「かなり、きてるよね、ルックス良いのにさ」

「いくら良くても、なんで新宿？　渋谷のセンター街にたむろしている連中のひとりなら目を止めるかもしれないけど、新宿のボウリング場だよ。しかも、この時間で、ひとりなんて、気味悪いよ」

そうかな、と私は思った。人がしないことをしてるなんて悪くないじゃないか。おまけに、上手だ。私は、ストライクを出す男が好きだ。そう感じた瞬間、拍手していた。

泰蔵は、驚いたような表情を浮かべて振り返った。バイト仲間たちは、啞然として私を見詰め、その直後に、吹き出した。私は、急に、ばつが悪くなり、叩いていた手を下に降ろした。

「ストライクには、拍手でしょ、やっぱ」

周囲の笑い声の中、泰蔵が近付いて来た。

「そっち、人数多過ぎて、なかなか順番回って来ないでしょ？　こっち来て、やりませんか？」

もちろん、私は、隣のレーンに移った。バイト仲間の、信じられない、という声に振り返り、指を二本立てて笑った。ピース。私は、ボウリングが死ぬ程したかったのだ。そう思うことにした。でも、もちろん、それは嘘だ。その夜、泰蔵にテイクアウトされた場合の言い訳をしないですむよう、既に、伏線を張ろうとしていたのだ。女って、姑息《こそく》だなと、こういう時に思う。それって、マイボールですか、だって⁉

「あの時、黒木の口から、マイボールって言葉聞いた時、おれ、この女に惚《ほ》れたって思った」

「どうして？」

「だってさあ、普通、そんな言葉使わないよ。ださくって、すげえ可愛かった」

「ひとりで、ボール転がしてた泰蔵もださかったよ」

「可愛かった？」

「うん」

だから好きになった。この男が、もしも、渋谷や三宿のクラブにいても、私は、視線を合わせることすらしなかっただろう。新宿のボウリング場。下落合のお風呂もない安アパートメント（ただのアパートと呼ぶべきかもしれないけれど、この方が、絶対に格好良い）。おまけに、道路工事やってるなんて、カソヴィッツの映画みたいにパリっぽい（パリになんか行ったことないけど）。今時、こんな男、いない。何しろ、加えて、殺人者なのだ。

「黒木、ちゃんと学校行ってる？」

「うん」

「洋服の専門学校って何やるの？」

「モードって言ってくんないかな」

「モードの専門学校って何やるの？」

「ボウリング」

「何だよ、それ」

「そういう場所にも、モードが存在するってことを学ぶんだよ。泰蔵みたいな奴が、ボウリング場にいると、ださ可愛いじゃない。掃《は》き溜《だ》めに鶴って感じがする。さえないおじさんの足許が、銀座フタバの靴とか、作業着の下に、HO1のブリーフみたいな」

「何言ってんのか解んないけど、じゃ、そのブリーフの下は？」

それも好きだ。人殺しだけど。揉み合っている内に殺してしまった、と彼は言った。私も、いつも揉み合っているけれど、全然、殺されない。貸す程のお金もないから、きっかけもない訳だが、何かを返せと言い出したら、彼は、逆上するのだろうか。

「おれ、もう仕事行かない。当分、隠れてる」

泰蔵は、下を向いたまま言った。拗《す》ねているように唇が突き出ている。

「私も、学校行かない。一緒に隠れる」

彼は、顔を上げた。私の決意した表情を見て、怯《おび》えたように唇を震わせた。

「駄目だよ、そんなの」

「どうして？」

「おれ、モード勉強してる黒木が好きなんだ」

「やだ。もう決めた。とりあえず、バナルなゲームをやりに行こう」

「何だよ、それ」

「ボウリングと卓球でしょ」

隠れ家などと、改めて言うまでもなく、泰蔵のアパートメントの部屋は、私にとって、最初から隠れ家のようなものだ。見捨てられたような古びた建物の片隅。表札も出ていない。突き当たりのドアまで歩いて来るのは、私と彼だけなんじゃないかと思う。そう考えると、感傷的な気分になる。寂しい男は魅力的だ。私の抱擁の威力を増大させる。おれ、和気あいあいって苦手なんだ。彼が、そう言ったことがある。部屋で、仲間と酒なんか飲まない。そんなことで、友情なんかが芽生えちまったら、みっともないおやじになっちゃう。

部屋には、お風呂がないから、彼は、時折、シンクで髪を洗う。古びたリーヴァイスを腰骨に引っ掛けただけの姿で、彼は、水をかぶる。私は、彼の背中を見ながら思う。肩甲骨って、良く働くなあ。私と寝る時にも、いつも動いている。背中に腕をまわすと、それが解る。ポンプみたい。でも、何を押し出しているの？

もう秋だというのに、この部屋、夕方には、まるでオーブンのように熱くなる。あの晩のやり納めのボウリング以来、もう三日。私たちは、ここにいる。外には一歩も出ていない。TVもラジオもつけない。でも、息を潜めている訳じゃない。セックスの時には声を出すし、時には、大音響で、音楽を流す。することがないので、私は踊る。隣の住人が、壁を叩いて、うるさいと怒鳴る。

「何よ、自分だって、明け方、女連れて帰って来て騒ぐくせに」

「夜の仕事だから、隣は昼間は寝てんだよ。それより、じっとしてられないの、おまえ」

泰蔵は、壁際のベッドの上に膝を立てて座り、煙草を吸い続けている。西日で出来た彼の影を煙がぼかしている。その様子、素敵な絵に見える。トム・ブラウンの曲にぴったりだ。彼のトランペットには哀愁なんてない。ジャズは、心の叫びです、などという言い草、私は大嫌い。世の中って、どうして、予定調和の言葉だらけなのだろう。TV、雑誌、新聞。私は、それらのほとんどが好みじゃない。私の思っているモードは、そんなとこにない。ひとつのキーワードが、いつも同じ枕詞《まくらことば》を呼び寄せるなんてつまらない。暑い部屋。汗の匂い。でも、ここで、汗は、ちっとも臭くなんて、ない。セックスの前にはシャワーを浴びよう。これも、ひとつの予定調和だ。クリーンに磨かれた男なんておいしくない。かと言って、有機野菜もお断わりだ。自然に育ったものが体に良いなんて嘘だと思う。免疫力が低下して行くだけだ。シャワーを浴びても、人間は健やかにはなれないし、お陽《ひ》さまを浴びたって、それは同じだ。ヒップホップとビーバップをつなぎ合わせるなんて、ものすごく不自然。それなのに、何かの秘薬が、それらを溶け合わせて、新しいモードを築く。ここでかく汗は、それに似ているような気がする。泰蔵の無精髭が育っている。何もしていないのに、彼の時間は確実に過ぎている。十二時十四分十八秒。彼と私は、あの時刻から何かを始めた。あるいは、何かを止めた。シンクで髪を洗う彼の姿。煙草をふかす彼のたたずまい。この部屋にあるあらゆるものが、それまでとは違う色彩を持ち始めて、私は、自分の内の新しい色見本を捜しに行かざるを得ない。

「世の中、どうなってるのかなあ」

泰蔵は言って、壁に寄り掛かった。私は、隣に座り、彼の膝頭に顎をのせる。

「まだ三日目だよ」

「警察、おれのこと、追っかけてるかなあ」

「そしたら、もう、とっくの昔につかまってるよ。何？　不安なの？」

「風呂入りてえ。お湯につかって汗流したいよなあ」

「汗なら、ここでも流せるじゃん」

彼は頷いて、私の体を柔かく押し倒した。私は、口づけを受けながら、伸びかけた彼の顎髭を手の甲で撫でた。女の子が、紙やすりのことを思い出すのは、一生の内、何回なんだろう。

「セックスっていいな。何の元手もいらないもんな」

そう言いながら、泰蔵は、私の服を脱がせ始めた。

「黒木は、夢があっていいな。おれ、そういう娘《こ》、好きだ」

「ないよ、夢なんか」

「学校行って、モードだっけか、勉強してるんだろ。それって、夢の素《もと》じゃん」

夢の素？　はたして、そうだろうか。夢って、未来に向けてあるものの筈だ。まだ生まれないものに対する元手。考えたこともない。私は、G-ショックに表示された時刻に付随するものしか感じ取ることが出来ない。

「おれには、もう、夜に見る夢しかない」

そう言いながら、泰蔵は、少し泣いた。涙が、二、三滴、私の顔に落ちた。その内、汗の粒も落ちて来て、区別がつかなくなった。解ったのは、涙より汗の方が目に染みるということだけだ。

「泰蔵は、本当に人を殺して来たの？」

「うん」

「死んだって解ったの？」

「目、むいてたもん。おれ、殺した。おれ、殺して来た。絶対、殺して来た」

泰蔵は、自分に言い聞かせるように、何度も、何度も、そう呟《つぶや》いた。それは、自分のやってのけた事実を述べているという感じではなかった。くり返される響きが、音楽に重なる。私は、湿ったシーツと彼の体にはさまれている。彼は、私と西日の間にはさまれている。西日は、彼とトランペットの調べにはさまれている。和音は音符の串刺し。二人のベッドは、いつだって五線紙に見える。ディジタルな音が、ここでは、ぶち壊されてしまい、後には汗が残る。

人間が、一番最初に人を殺した時、それは、どういう理由からだったのだろうか。何かを守るためだったのか、あるいは、何かを破壊するためだったのか。そこに罪は存在していたのかしら。罪の意識って何だろう。自然発生したもののようではない気がする。他者から与えられた何かと自分の内なるものを交配させて出来上がるように、私には思える。すると、交配させるものを持たなければ、罪の意識は芽生えない。

泰蔵の見る夜の夢が楽しいものならいいな、と私は思う。ひっそりと闇にまぎれた交配は、私の体とだけすればいい。私は、彼に何も考えて欲しくない。遅い午後の陽ざしで肌を灼《や》いて、私の溜息で体を蒸されて、ジャズにくるまれる。そのことだけに心を砕けば、自分を労《いたわ》る必要なんてなくなる。人類で初めて殺人を犯した人のように。

曲が途切れたのが先だったのか、泰蔵が射精したのが先だったのか、良く思い出せないけれど、いつのまにか、私たちは静寂の中にいる。

「あのブルースハープ、どこで失くしちゃったのかなあ」

泰蔵は、唐突に言って、心底、不思議そうな顔をする。

「吹けるの？　吹いてたの見たことなかったけど」

「吹けない。でも、練習してみようと思ってたんだ。あれも、元手かかんなそうだしさ」

この男、ハーモニカもセックスも同じ位置に置いている。殺人も、G－ショックも、たぶん同じ場所にあるのだ。

「尻のポケットに入れといたのになあ。いつのまにか失くしてたなあ。おれって、いつも、知らない内にもの失くしちゃうんだよなあ」

「ブルースなんか好きだったの？」

「全然。でも、ブルースだと思えば、やって行けるじゃん、何とか」

「ジャズでは、やって行けない訳ね」

泰蔵は、怪訝《けげん》そうな表情を浮かべて目で私に問いかけた。

「黒木ってさあ」

「何よ」

「時々、変なこと言う。おれのどこが好きなの？」

「体」

「うわ、体目当てかよ。すげえエッチ」

そういうことではない、と言おうとしたが止めた。私にだって、上手《うま》く説明出来ない。体なしには何事も始まらないけど、それは、必ずしもセックスのことじゃない。元手という言葉を彼は使った。私をここに留まらせている元手。この部屋に、私の好きな種類のモードを創る元手に、彼の体は有効だ。ベッドに横たわる姿も良いが、便器に腰を降ろしている様子もなかなかだ。足許に落ちたリーヴァイスのインディゴブルーとトイレットペーパーの白の対比は、私の胸を詰まらせる。トイレットのような汚くて狭い場所でも、彼は、私の愛情を呼びさます。照れるけど。

「暑いなあ。なあ、おれの体、臭くねえ？」

彼は、自分の腋《わき》の下の匂いを嗅《か》いでいる。解るのかな、自分の体の匂いなんか。私は、CDを換えながら彼に言う。

「洗ってあげる。こっちに来て」

シンクの側で、私は、ボディソープを泡立てた。私が、それを体になすり付ける間じゅう、泰蔵は両腕を上げていた。まるで、何かに降参しているみたい。

「黒木、悪いな」

「いいって。泰蔵の体を洗うと、私の手も綺麗になる」

私は、水道を出しっぱなしにして、水のしたたるタオルで、彼の体を何度も拭いた。一心不乱に、それを続けていたら、今度は、私の体が汗ばんで来た。彼が、不意に、私の顔を両手ではさんで上を向かせた。

「そんなに一所懸命になるなよ」

「集中してるだけよ」

泰蔵は、私の手からタオルを取り上げ床に放った。そして、何度も口づけながら、私を抱き締めた。

「集中って何なんだよ。おれのために集中なんてするなよ。そういうの、慣れてねえんだよ」

床が、水浸しだ、とふと思った。拭かなきゃならない。でも、私の体は動かない。彼の手首が目に入る。P4：23 32。空気が熱い。水なんか役に立たない。オーブンのような部屋。でも、焼き上がるものなんて何もない。

「そんなに強く抱いたら痛いよ」

「うん」

しかし、泰蔵は、腕の力を緩めないまま、私をシンクに押し付けた。バランスを失った私の背中が、流れる水で濡れて行く。今日は、土曜日だったんじゃないか、とふと思う。週末は、私たちのためにあると思っていた頃がある。笑うことも怒ることも、すべてが、人に見せるための行為だった。そうするための出来事をいつも待っていた。ハプニングという安いアートを手に入れることだけが満足。仲間たちは、そのギャラリーの観客。そこで認められることがすべてだった。男たちは、その中の作品にしか過ぎず、落札価格は、靴の値段と同じ。せいぜい、トランスコンチネンツあたりが上限だ。そう思うことが、価値だと信じていた。でも、今の私、お風呂もない部屋でシンクに手を突いている。そして、口づけを受けている。楽しい。もう、ストリートの子供には戻れない。

「おれさ、東京に出て来れば、全部が上手く行くんだって信じてた。黒木みたいな東京育ちには解んないかもしれないけど」

そんなコンプレックス、おかしいよ。そう心の内で呟きながら、私は、彼の首筋を撫でる。顔の幅と首の幅が同じ男ってそそられる。でも、誰でもって訳じゃない。ベニシオ・デル・トーロだってそうだけど、彼じゃ嫌《いや》だ。中田英寿だってそうだけど、彼だって駄目なのだ。

「こんなこと思ってるなんて、人に知られたら死にたくなるけど、なんでかな、黒木になら平気」

それって告白？　だとしたら、人を殺して来たって言うよりすごい。目を開けると彼の瞳にぶつかる。真剣な色を浮かべているけど、私には、そこまでして見る程のものはない筈だ。もしかしたら、と私は思う。泰蔵、あなたも、私に集中している？

「おれ、黒木を喜ばせるようなもの何も持ってない。こういうことしか出来ない」

そう言いながら、彼は、私の片足を持ち上げた。私は、膝の裏側で、彼の大きな手のひらを意識する。そう、彼には、こういうことしか出来ない。そして、彼しか、こういうことは出来ない。水道の蛇口を止めなきゃ、と私は言った。彼は、空いている腕を伸ばしてそうした。静寂を待たずに、曲が変わる。ホット・ジャズ・ビスケット。

翌日、とうとう食料が底を突き、私は、コンビニエンス・ストアに行かざるを得なかった。恐る恐るという調子で外に出た私は、空気が、意外な程、冷たく澄んでいるのに気付いて驚いた。男にかまけていると、あっという間に季節は移り変わってしまう。

ストアで買い物をしながら、私は意識して、新聞や雑誌のコーナーに近寄らないようにした。泰蔵の好きなチップスや缶詰の種類を確認することに専念しようとして、あれこれ商品を手に取った。しかし、やはり、誘惑には勝てなかった。気が付いたら、スポーツ新聞を開いていた。一紙を読み始めると止められなくなり、一般紙も広げた。店員の中年女性が、咎《とが》めるように私を見て言った。

「雑誌は良いけど、新聞の立ち読みは止めてちょうだいね」

私は、慌てて新聞を元に戻し、かごに入れた商品の支払いを済ませて外に出た。動悸が止まらなかった。泰蔵の言った通り、「みかみ」という定食屋の女主人は殺されていた。私は、落ち着くために、何度も立ち止まり、深呼吸をしなくてはならなかった。まだ、大丈夫だ、と自身に言い聞かせた。未だ犯人の手掛りはつかめず、という一行を頭の中に叩き込んだ。幾度も目にしたことのあるこの言葉を、自分の男のために復唱する日が来るなんて。特権だ。そう思うことにしよう。でなきゃ、緊張のあまり、おかしくなりそうだ。

アパートメントに戻り、部屋のドアを開けると、泰蔵は、腕立て伏せをしていた。

「体、なまっちゃってさあ」

彼は、そのままの姿勢で笑いながら言った。私は、手の力が抜けてしまい、買い物袋を床に落とした。同時に、何故か、無性におかしくなってしまい吹き出した。ここに彼がいることが、つくづくうれしかった。私は、床と彼の体の間に滑り込んだ。

「続けてよ、腕立て伏せ」

そして、彼は、続けた。息が弾んで、私の頬をくすぐった。肩甲骨は、きっと、いつものように働いているに違いない。

「泰蔵、どっか出掛けよう」

「出掛けられる訳ねえだろ」

「大丈夫だよ。私、さっき、コンビニで新聞読んだ。全然手掛りなしみたいだよ」

泰蔵は、腕立て伏せを止めて起き上がった。

「ほんとかよ。まさか、刑事に、おびき出して来いとか言われたんじゃねえだろうな」

私は、唖然として、彼を見た。

「何なのよ、それって。何で、たった三十分の間に、そんな展開になんなきゃいけない訳？ひどい奴!! 最低だよ、そんなこと言うなんて!! おまえみたいな男、ぶっ殺す！」

そこまで言った途端、私は、我に返って口を押さえた。泰蔵は、何も言わずに、私を見詰めていた。

「ごめん……」

「何で謝るんだよ。馬鹿だな。でも、おまえに、ぶっ殺されるんならいいかもなあ」

彼は、私を抱き寄せて、静かに頭を撫でた。

「黒木、出掛けよう。息抜きしよう。そうだ、バナルなゲームしに行こう」

何故か、涙が出て来た。そんな言葉、もう流行遅れなのに。でも、それを言うなら、私が大切にしようと思っているものも、いつだって流行遅れのものなのだ。

西武新宿駅で降りて、私たちは、あちこち道草をしながら歩いた。手をつないで、はしゃぎながら歩く私たちに、目を止める者は、誰もいなかった。私は、道行く人に教えてあげたい衝動に駆られた。私の男は、ほとんどの人間が躊躇することを平然とやってのけた人なの。

「ずい分、はしゃいでるなあ」

「うん。だって、こうしてると、久し振りのデートって感じがする。ねえ、泰蔵、このまま大丈夫かもしれないね。あの新聞記事の様子だったら平気だよ、きっと」

泰蔵は、呆《あき》れたように、私を見た。少しも安心しているようではなかった。

「どうしたの？」

「おれ、人を殺したんだぜ。黒木は、何で、そんなに平気なんだよ。恐くねえの？　はずみとはいえ、人の首、絞めたんだぜ」

「……恐くなんかないもん」

「おれは恐いよ」

駅を出た時のはしゃぎようが嘘のように、彼は思い詰めたような表情を浮かべた。

「順子に悪かったな」

「誰、それ？」

「みかみのおかみさん」

私は、彼が何を言っているのかが解らずに、混乱して立ち尽くした。そう言えば、新聞記事に、被害者の三上順子さんとあったような気がする。

「どうして、順子なんて呼ぶの？」

「ちょっと、仲良かったから」

「寝たってこと？」

泰蔵は、答えずに下を向いた。

「ねえ、寝たってことなの？」

「気にする？」

私は、自分の声の震えを悟られないように、唇を嚙み締めた後、言った。

「別にいいけどさ、おばさんでしょ」

「そうだけど……でも、色々、良くしてもらったのに、あんなことになるなんて」

彼は、涙ぐんでいるように見えた。私は、彼の手を握るのに力を込めた。そんなことを聞いた後でも、彼を慰めてあげたいと思う自分が不思議だった。

「もう、忘れなよ、死んじゃったんだから」

彼は、頷いた。それから、しばらくの間、私たちは、無言で歩いた。ボウリング場の入っているビルの前で、私は、突然、思い出した振りをして言った。

「泰蔵、私、ソックスはいてない。買って来る」

「中に売ってるだろ?」

「駄目。ださいもん。私、これでも、モードの勉強中なんだからね。先に、レーン取っといて」

「モードって面倒臭えな。ソックスまで、限定されるのかよ」

泰蔵は笑った。私も、笑いを返しながら、すぐ戻ると言い残して、まだ開いているデパートの方に走った。きっと、スキップをする子供のように、私の足取りは、はずんで見えたかもしれない。しかし、路地を曲がった瞬間、私は、かがみ込んだ。泣くに泣けないって、こういうことかと思った。彼は、人を殺した。それは、いい。でも、彼は、他の女のために、たったひとつしかないであろう主義を曲げたのだ。三上さん、私の名前は、みどりっていうんだよ。

呻《うめ》いていると、具合でも悪いと思ったのか、誰かが声をかけた。それをきっかけに立ち上がり、私は、ゆっくりと歩き始めた。

いつのまにか、交番の前に立っていた。人の良さそうな警官が気付いて、声をかけた。

「どうしました? 失くし物ですか?」

私は、曖昧《あいまい》に頷いた。おれって、いつも、知らない内にもの失くしちゃうんだよなあ。どうしよう。どうしたら良いのか解らない。私は、ハーモニカになんか、なりたくないのだ。

解凍

氷は、春を待てば溶けるじゃないか。時の流れに組み込まれて水になる。それが自然というものなのだろう。それでは、夏が氷を溶かすのはどうだろう。もう自然では有り得ない。夏か氷のどちらかを作り出さなくてはならないのだ。夏が先か、氷が先か、なあ、おまえはどう思う？

俊也は、今になって、早川公平のあの時の言葉をたびたび思い出す。確か、大学三年の秋だった筈だ。学祭の後の飲み会で終電に乗り遅れて早川のアパートに泊まった。そして、二人でとりとめのない話をしながら安ウィスキーを空けた。その時、早川が唐突に尋ねたのだ。なあ、おまえはどう思う？

酔っているな、と俊也は感じた。自分も、そして早川も。酒に酔った時の抽象的な話は楽しい。自分たちが、重大なことに関わっているかのように錯覚出来るからだ。まだ加われない社会に畏怖の念を持ちながらも、それを小馬鹿にする特権を、彼らは享受していた。役に立たない会話こそが贅沢《ぜいたく》。卒業して、生活の重みを知るまでの仮の深刻。終電に乗り遅れた時にタクシー代がないという事実は自分を惨めにさせる。しかし、観念的なテーマに身を置くと、自分が恵まれた才能で遊ぶゲームの天才のような気分になって来る。酔って、ぼやけた頭は、いつも嘘臭い真理を見つけ出す。つき合ってやるか。俊也は、そう思いながら、もっともらしい答えを早川に返した筈だ。もちろん、翌朝、彼は、自分の言葉も、早川の問いかけも忘れていた。宿酔《ふつかよ》いの方が重大事になり、再び、酒の飲み方すら知らなかった悲しい学生に逆戻りする。昨夜、おれは哲学者だった筈なのに。彼は、落胆してそう思う。けれど、どのような哲学を持っていたのかは、まるで思い出せない。早川も、哲学者だったような気がする。季節について語っていたなあ。文学者になっていたのだろうか。考えようとしたにもかかわらず、頭痛と吐き気が、早川の言葉をどこかに押しやった。氷と季節の関係に関する考察は、それ以降、彼の頭から消えた。

思い出したのは、先週のある朝、新聞に目を通した瞬間である。連続放火犯逮捕の記事に紙面を大きく割《さ》いていた。何気なく読んでいた俊也の目に犯人の氏名が飛び込んで来た。早川公平。あの早川ではないかと思う前に、彼は、長いこと忘れていた本や映画の題名が、記憶を押しのけて出現したような気分にとらわれた。大学時代の同級生の顔を思い浮かべたのは、その後だ。あらかじめ何かを諦めてしまったかのような彼の静かな横顔をはっきりと思い出すことが出来る。卒業して、どちらからともなく連絡を絶ってから十年がたっていた。

「珍しいじゃない、俊也が、そんなに真剣に新聞読んでるの。何か大変な事件でも起こった？」

妻の玲子が、コーヒーを注ぎながら新聞を覗き込んだ。

「放火の犯人がつかまったんだけど」

玲子が俊也の言葉に首を傾《かし》げた。

「ああ、世田谷区の連続放火事件ね。でも、それって、そんなに重大事件？」

「犯人、おれの同級生なんだよ」

「あら、それは重大ね。でも、同姓同名ってことはない？　顔写真出てる？」

「うん。十年ぶりくらいにあいつの顔見た。あんまり変わってねえな。どうしてたんだろう。無職って書いてある。おれんとこよりでかい会社に就職したのにな。いつ辞めちゃったのかなあ」

玲子が吹き出しそうな表情を浮かべて俊也を見た。

「あなたにとっては事件の犯人じゃないのね。まるで、同窓会の出席者に親友の名前でも見つけたような口ぶり」

「まさか。おれ、親友なんていないよ。友達は結構いるけど。あ、ひとりいたな、目の前に」

嬉し気に笑う妻をながめながら、俊也は新聞をたたみ、コーヒーカップに口を付けた。共働きの夫婦にとって、朝の他愛もない会話は貴重だ。一日を上手く行かせる鍵が、そこにあるような気がする。またここに戻って来るのだという確信が、彼を安心させ、仕事へと向かわせる。そこには劇的なものなど何もない。日々は、着実に積み重ねられて、彼と妻の後ろにある。その気配に寄り掛かると、暖かい重みあるものが彼の背を支えているのが解る。親友か。彼は、早川のことをふと思い出す。同じ時間を共有し、同じ話題について語り合った。しかし、同じ種類の人間だと思ったことは一度もなかった。早川が、朝のコーヒーと妻の笑顔による幸福感で体を目覚めさせる人間にならなかったのは確かだ。あの早川が放火犯だと知っても驚きがない。つかまって良かったじゃないかと思う。あいつ自身がそれを望んでいたのではないだろうか。俊也は、心の内で、そんなふうに呟いている。

大学時代、早川の部屋は、同級生たちの溜まり場になっていた。それは、彼らが早川を慕っていたというよりも、早川が彼らを拒《こば》まなかったからに他ならない。俊也も周囲の学生たちも、金のかからない時間つぶしの場を必要としていた。早川の部屋には、酒と気のきいた食べ物が常備されていた。会社勤めをしている年上の恋人が勝手に持って来るという話だったが、彼女に会ったことがあるのは、俊也だけだった。皆、どういう女なのかを知りたがった。綺麗な人だったよ。尋ねられると、そう答えた。

実際のところ、その吉田恵子は美しいとは言えなかった。日曜の午後、ゼミに必要な資料を借りに早川の部屋を訪れた俊也は、部屋の掃除をしている恵子を紹介されて困惑した。

「こいつ、森本俊也、おれの親友」

早川の使った親友という言葉に呆気《あっけ》にとられていると、恵子が言った。

「いきなりこの人の親友を紹介されるなんて、すごく嬉しいです。公平くん、今まで、私のこと誰にも紹介してくれなかったんで、ちょっと気にしていたんです」

「気にしていたって？」

「恥しいのかなって……。ほら、私って何のとりえもないし、綺麗って訳でもないし」

俊也は、どう反応して良いのか解らず黙っていた。

「恵子は可愛いよ」

早川は、そう言って、恵子の肩を抱き寄せた。彼女の頬が染まった。俊也は、思わず二人から目を逸《そ》らせた。可愛い、と言えば可愛いのかもしれないが。彼らの年齢の男たちが心魅《ひ》かれる種類の可愛さではなかった。小太りの体型や濃い化粧が、彼女を田舎臭く見せていた。彼らにとっては、顔のつくりなどよりも、垢《あか》ぬけているか否かというのが、女を見る時に重要なのだった。長身で、神経質そうな、それが時には繊細なようにも見える早川には、不釣り合いの女に思えた。鈍感そうだな。俊也は、初対面の恵子にそんな印象を持った。

夕食の下ごしらえをした恵子が帰ってしまった後、早川と俊也は床に腰を降ろして缶ビールを開けた。

「なんか、おれ、邪魔しちゃったみたいだな。恵子さん、泊まる予定だったんじゃないの?」

俊也の言葉に、早川は笑った。

「あいつ、不細工だろ」

俊也は、どう答えて良いのか解らず、煙草に火を点けた。

「ブスだと思ってるなら、そう言えよ。すげえブスだろ」

「ひでえな。つき合ってるんだろ?」

「本当のこと言っただけだよ。田舎臭いしよ。見ろよ、この肉じゃが。おふくろの味が男を感激させるって、未だ信じてる女だぜ。二十四まで処女だったのも無理ないよな」

俊也は、何故か腹立たしい気分になって来た。甲斐甲斐しく早川の世話をやいていた恵子が憐れに思えた。

「うまいよ、これ」

「そうなんだよ」

溜息をつくように早川が呟いた。

「うまいんだよなあ」

早川は、立てた膝にビールの缶をのせたまま、しばらくの間、沈黙していた。何だかんだ言っても、彼女のことが好きなんじゃないか。俊也は、そう思い鼻白んだ。

「森本、おまえのおふくろの味って何？」

唐突な質問に、俊也は口ごもった。改めてそんなことを考えるのは気恥しい気分だった。

「ねえよ、そんなもん」

「あるだろ？　言えよ。照れるなよお」

早川は、俊也の顔を覗き込んで意味あり気に笑った。

「うちの母親、料理あんまり上手くないからなあ。……カレーとか？」

言った途端、俊也は、自分の顔が赤くなったのが解った。それを誤魔化すかのように、慌てて、今度は彼が尋ねた。

「おまえはどうなんだよ。早川家のおふくろの味は？」

「ねえよ、そんなもん」

「何だよ。人に言わせといて、自分が照れてんじゃん。言えよ」

「ないんだよ、本当に」

声に、ふざけた調子が混じっていなかったので、俊也は意外に感じて早川を見た。

「おれ、おふくろいないからさ」

「ごめん……」

「必ず、こういう展開になると、皆、ごめんとか謝るのなあ。正確に言うと、おれが小学校の時に死んだんだ。うちが火事になって焼け死んだ」

「ごめん……」

「おまえ、謝るの好きだな。あ、その時、ついでに、おれの兄ちゃんも死んだ」

「ふうん」

「そのリアクション良いね。さすが親友」

「よせよ」

何故、早川が親友などという言葉を使うのか俊也には解らなかった。ただの大学の友人以外の役割を押し付けられるのは冗談ではないと思った。人の心の領域を共有するのは、彼の趣味ではない。そのことを告げようとした時、早川が言った。

「でも、あの人が作ってくれたうまいもん覚えてるよ。おれ、さくらんぼのパイが好きだった。家にでっかい木があったんだ。その季節になると、いつも兄ちゃんと木に登ってとらされてた。でも、食い切れなくて、近所に配ってたな。すごくでかい木だと思ってたけど、本当はそうでもなかったのかな。子供には、空が橙色に染まったように見えていたけど。食いたいな、あのパイ」

俊也は、手作りのパイなど食べたことはない。しかし、早川が語り続けるのを聞いていると、さぞかしうまいもののように思えて来る。もちろん、その想像は、早川の母と兄の死に膳立てされている。彼は言いかけたことを、そのまま忘れてしまった。

親友と呼ぶことを許したままだったなと、今、俊也は思う。ただ若い時期の数年間、早川の居場所、そして、そこでの出来事を傍観して来ただけであったのに。いつも、自分に対してドアは開かれていた。だから、見た。それだけのことだった。早川が、何故、自分を選んだのか、それは今でも解らない。おれは、誰かに責められたいんだよ。彼が、そう呟いたのを覚えている。俊也が、決して他人を責めない種類の人間であることを見抜いて、そう口に出したのかもしれない。

「その早川さんて、どんな人だったの？」

玲子の言葉で俊也は我に返った。

「どんなって……女好きのする奴だったよ。背が高くて美形だったからもててたよ。冷たい感じがしたし」

玲子が吹き出した。

「冷たいともてるの？　じゃ、あなた、もてなかったんじゃない？」

「全然」

俊也は苦笑しながら言った。

「おれみたいに当たり障《さわ》りのないのって、もてないんだよな。特に、十九、二十《はたち》の頃はさ。女って、裏表のある奴、好きじゃない？　クールな男が自分の前では全然違う、みたいな感じにくらっと来るんだろ？」

「それ知ってて、どうして、もてるようにならなかったのかしら」

「もてないまま玲子に出会いたかったんだろ？」

「言うわね、ぬけぬけと。でも、屈託のないあなたが好きよ」

玲子は、笑いながら俊也に抱き付いて軽く口づけた。そして、彼のタイの結び目の位置を直す。こんなところを職場の人間に見られたらたまらないな、と彼は思う。想像すると恥しくていたたまれなくなる。しかし、幸せは、元々、恥しいものなのかもしれない。秘密に似ている。そう感じながら、俊也は妻に口づけを返す。これ、秘密だよ、と口に出す。誰に打ち明けるのよ、馬鹿ね、と彼女が言う。打ち明ける価値などないものが、彼は好きだ。

大学三年の夏、ゼミの合宿で河口湖畔に滞在したことがある。合宿と言っても、目的は単なる親睦会にあり、皆、帰る必要のない夜を楽しんでいた。肝試しを計画する者もいたし、教授と話し込む者もいた。数少ない女子学生と連れだってどこかに消えてしまう者もいた。

誰もが、酒と解放的な気分に酔っていた。

ある夜、俊也が民宿の縁側でぼんやりしていると、酒の瓶と紙コップを手にした早川が来て言った。

「森本、花火見に行かないか？　これから花火大会だって」

「いいけどさ、上田は？」

「酔いつぶれて寝てる」

「仕様がねえなあ、こんな早い時間から」

二人は、カップルに占領されていない湖畔のベンチを捜して歩いた。木の匂いが、とろりと鼻に広がる。湿気が皮膚にまとわり付くように感じて、俊也は、ハンカチーフを首筋に当てた。早川は、涼し気な表情を浮かべて、長い前髪を揺らしている。

「おまえって汗かかないの？」

「かかない」

「なんで？」

「暑いって感じたことないから」

「寒がり？」

早川は、俊也を見て、おどけたように肩をすくめた。

「そうだよ。おれ、いつも寒いんだ」

「変な奴」

「だから、花火でも見てあったまろうと思ってさ。ここに座ろうぜ」

二人は、コップ酒を口に運びながら、遠くに打ち上げられる花火を見た。

「恵子さん、どうしてる？　元気？」

早川には俊也の声など聞こえていないようだった。ただ目を細めて花火を見詰めている。

「そんなに花火が好きなのか」

早川の口許が緩《ゆる》んだ。

「だって綺麗だろ？　正しい夏休みって感じがするじゃないか。で、何だっけ？」

「恵子さん、元気なのか」

「まあね。最近、毎日来てさあ。ここに来たのも、あの女がうっとうしかったからってのが本当のところ。元々、あの教授の授業になんて何の興味もないしね」

「毎日来て、肉じゃが作ってくれるのか」

「ばーか、それどころじゃねえよ。あいつ、おれの何から何まで面倒見たいみたいでさ。全部終わってすることなくなると、ご褒美待っておれのこと見てる。犬みてえ。この間、冗談で、お手とか言ったら、本当に手を出すんだぜ。変な奴」

その情景を思い出したのか、早川は、さもおかしそうに笑った。

「つき合ってる女のこと、良くそんなふうに言えるな。気分良くないよ、そういうの」

早川は、俊也の肩をいきなり叩いた。はずみで酒がこぼれて、俊也のジーンズに染みを作った。

「俊也くん、もっと男と女のことをお勉強しなさい」

「何なんだよ、それ」

「男と女は、どちらかが飼い主で、どちらかが飼い犬だってことに決まってんの。おれは、あいつとの関係では飼い主なんだよ。もっとも、あいつでなくても、おれは永遠に飼い主になることに決めてる。あいつさあ、おれにいつも尻《し》っぽ振ってる。それが見えるんだ。セックスしてる時なんか、特にそう。可愛いよ。おれの注意を引こうと、いつも必死でさ、すげえ惨めで、いとおしいよ」

俊也には、早川の言葉が、まったく理解出来なかった。女とつき合った経験がない訳ではなかったが、恋愛に主従関係を持ち込むことなど想像もつかないことだった。とりあえず、こういうことだ、と彼は納得しようとした。早川と恵子は、他人にはうかがい知れない幸せを密造している。

「まあ、そういうことは、人それぞれだから」

「あ、森本、急に大人になった？　別に、物解り良くしなくたって良いんだよ。だいたい、解る必要なんてないんだし、おれ、そんなこと、おまえに求めてないんだしね。ただ目撃者が欲しいだけ。おれは、ずっと、それを追っかけてる」

何の目撃者だろう、と俊也は訝《いぶか》しく感じて早川を盗み見た。彼は、再び花火に見入っている。

「うわ、今のすげえ、でかいなあ。まだ、家族が全員そろってた時、庭で、良く花火やったっけなあ。子供心にもちゃちなやつでさ、花火大会みたいなのやらせてくれって、兄ちゃんが不貞腐《ふてくさ》れてた。花火師にならなきゃ無理よって、おふくろ笑ってた」

感傷的になっているのかと、俊也は早川を見たが、そうでもないらしかった。ただ懐かしそうな表情を浮かべているだけだ。そうなっているのは、自分らしい、と俊也は酔いの回り始めた頭で考えた。不謹慎を承知で、他人の親の死は、経験のない者に、ロマンティックな印象を忍び込ませる。母親と兄を一瞬にして失った幼い男の子に感情移入してみたりする。

「おふくろさん、綺麗な人だった？」

早川は微笑したまま、しばらくの間、黙っていた。まずい質問をしてしまったかと、俊也が後悔しかけた時、早川が答えた。

「うん。あんな美しい人は、よそにいないよ」

「こんなこと聞いて、思い出させたら悪いけど、出火原因って何だったの？」

「さあ」と言ったきり、早川は、何がおかしいのか、くすくすと笑い続けるのだった。そして、声に、おかしさを滲《にじ》ませたまま呟いた。

「飼い犬に手を嚙まれたんじゃないのか？」

一升瓶を空にする頃、花火大会も終わり、彼らは宿に戻った。何か事件でもあったのか学生たちが庭に出て騒然としている。俊也たちの姿に気付いたひとりが駆け寄って来た。

「おまえら、どこ行ってたんだよ」

「何かあったのかよ」

「おまえたち出てった後に、一番奥の部屋から出火してさ、まあ、幸いぼやですんだんだけど、上田が結構ひどい火傷《やけど》で病院に運ばれた」

「なんで、また」

「あいつ、夕方から飲んでたろ？　煙草吸いながら酔いつぶれて眠りこけちゃったらしいぜえ。馬鹿だよなあ」

それだけ言うと、彼は、再び騒ぎの輪の中に戻って行った。退屈しのぎが見つかって興奮しているようだった。俊也は、思わず早川を見た。彼の顔にゆっくりと広がって行く微笑みを認めた瞬間、花火を見に行く直前のやりとりを思い出した。

「早川、おまえ、上田が酔いつぶれてたとこ見たんだよなあ。火の点いたままの煙草、側にあったのか」

「気が付かなかった」

「本当に？」

「何が言いたいんだよ」

俊也は言葉に詰まって下を向いた。自分の想像が馬鹿げているのは解っていた。早川は、体を前に傾けて爆笑した。止められない、というように、苦し気に腹を押さえていた。

「おれが火を点けたとでも言いたい訳？　何のために？　さっき、火事の話なんかしたから、おかしくなってんじゃねえの？　だいたい、上田なんか焼き殺してどうなるんだよ。あんな教授のお気に入りのへらへらした奴なんか、何の興味もねえよ」

「ごめん」

笑い過ぎたのか、早川の目尻に涙が滲んでいた。顔が赤い。俊也は、ばつの悪い思いで、もう一度言った。

「ごめん。変な想像して悪かったよ」

「別にいいけどね。笑い過ぎて体が熱くなっちゃったよ。見ろよ、この汗。おれ、滅多に汗かかないのにさあ。恵子にも言われるんだ。体が冷たいって。いくらあいつが暖めようとしても冷たいままだってのに、いやあ、冷え症、治してくれてありがとう、森本くん」

俊也は、何故か救われたような気分になり、溜息をついた。早川の提案で、他の学生を誘って飲み直そうということになった。もちろん、俊也に異存はなかった。気分を変えたかった。

「上田ってさあ、死んだおれの兄ちゃんにちょっと似てるんだ」

「何の興味もないんだろ？」

「ないよ」

そう言って、早川は、本当に冷え症が治ってしまったかのように、暑がりながら何度も流れる汗を拭った。

卒業後、俊也は、何度か早川と電話で話した覚えがある。その内容については、ほとんど記憶にない。違う会社に就職した二人には、共通の話題など、もうなかった。思い出話に興じるには、彼らは、まだ若過ぎた。もっとも、俊也にとって、早川との間に思い出したい出来事などなかった。電話をかけて来たのは、いつも早川の方だった。しかし、もう彼も、俊也を親友と呼ぶことはなかった。

早川の部屋を訪れるたびに、俊也は、恵子が、どれ程、甲斐甲斐しく男の面倒を見ているかを目の当たりにすることになった。早川の反応は素気《そっけ》なく、俊也は、この男は感謝という言葉を知らないのではないかと思った程だ。早川が冷たい対応をすればする程、恵子は、洗面台のシンクを磨き上げ、入り切らない食料品を冷蔵庫に詰め込んだ。むきになっているみたいだ。俊也は、そう思った。

彼女が下着姿で横たわっている場面に出くわしたこともある。うつ伏せになって泣いていた。見てはいけないものを見てしまったように、俊也は、うろたえてドアを閉めようとした。その時、上半身裸の早川が出て来て、俊也をさえぎって言った。

「かまわないから入れよ。すぐ帰すから」

「出直すよ」

「いいんだよ。おれに抱いてもらえないから拗《す》ねてんだよ」

「帰るよ。別に急用じゃないし」

そんな押し問答をしている内に、身支度を終えた恵子が出て来た。泣きはらしたらしく目のまわりの化粧が濡れて周囲に広がっていた。急いで服を着たのか、袖のないワンピースの肩から下着のストラップが落ちていた。

「あ、すいません。おれ邪魔するつもりなかったんですけど。どうぞ、いて下さい。すぐ帰りますから」

俊也の言葉に、恵子は顔を上げた。強く噛んだのか噛まれたのか、唇に血が滲んでいた。

下着姿を見た時よりも、もっと見てはいけないものを見たような気がした。不思議なことに、俊也はこう感じた。この人は、良い人だ。

　恵子が帰った後、早川に無理矢理引き込まれるような形で、俊也は部屋に上がり込んだ。

「ひでえ男。女泣かせるのもいい加減にしとけよ」

「あいつの泣くの見るの好きなんだ」

　嫌な男だ、と俊也は思う。それなのに、自分が早川とのつき合いを止めないのは何故だろう。何が、自分をこの部屋に運ばせるのか。

「泣くと、ますます不細工になってさ、それ見ると、おれ安心するんだ」

「何だよ、それ」

「こんな醜い女、おれ以外の男は相手にしないだろうなって思うんだ。あいつ、おれを絶対に離さないって決めてるみたいでさ」

「そう決めてるのは、おまえの方じゃないのか？」

「そうかもな。男のひとり暮らしで、こんなに片付いてる部屋は捨てがたいしね」

　早川は冗談めかしてそう言ったが、俊也は、恵子の家政婦めいた尽くし方など関係がないのは解っていた。早川は絶対に離れて行かない何かを求めている。そして、恵子がそれに値する存在であるか否かを試している最中なのではないだろうか。そして、おそらく俊也自身も試されている。初めてだ、こんなこと。初めてのことには夢中になる。だから、早川に会わずにはいられなくなる。親友などという気恥しい言葉を馬鹿にしつつも、彼の話に耳を傾けたくなる。部屋に通い続けたくなる。

あの人が好きなのは、結局、亡くなったお母さんだけなんです。俊也が、早川のアパートの最寄りの駅で恵子に偶然会った時、彼女は、そう口にした。

「あいつは、あなたのこと本当に好きですよ」

俊也は、本心から言ったつもりだった。恵子は、慰められていると感じたのか、首を横に振った。

「でも、それでも良かったんです。亡くなったお母さんと張り合うなんて無駄なことだもの。普通そうでしょ? でも、彼の場合、違うの。まだ、お母さんは生きている。面影が生き続けているとか、そんなんじゃないのよ。本当に生きているの。生きて、彼だけを愛しているの。お兄さんは死んでる。だから、彼は、お母さんをひとり占め出来るの。写真見せてもらったことがあるの。すごく美しい人。嘘じゃなかった。あの人も、おまえみたいだったら、あんなことにならなかったのにって言われたことがあるわ。その時は、美人は早く死んじゃう運命だけど、おまえは不細工だからって意地悪を言われたんだと思って、ふくれてただけだった。でも、違ったんです」

「違ったって？」

恵子は答える代わりにこう言った。

「私、彼と別れるつもりです」

俊也は、何か言わなくてはと口を開きかけたが、彼女の瞳に決意が宿っているのを認めてたじろいだ。こんな表情をする人だったのか、と俊也は驚いていた。別れを決意した女は、とても凛々《りり》しく見えた。

「恵子さん、あなた綺麗ですよ。綺麗なんだから……」

俊也が言い終わらない内に、恵子は身を翻《ひるがえ》して、早川のアパートの方角に走って行った。笑っていたように見えたのは錯覚だろうか。俊也は、ポケットに手を入れたまま、しばらくの間、恵子の後ろ姿を見ていた。ふられちゃうんだな、あいつ。そんなことを思った。ようやく早川を好きになれそうな気がした。俊也は、出て来たばかりの改札口に引き返した。

恵子が焼身自殺を遂げたのを知ったのは、それから数日後のことである。同じサークルの仲間が、大ニュースと言わんばかりに、興奮した面持ちで語った。

「それも、早川の目の前でだってよ。あいつが別れ話を持ち出した途端、おかしくなっちゃったんだろうな。止めようとして、彼も、火傷したらしいけど、ひどい話。あいつ、ショックで立ち直れないんじゃないか？」

俊也は、ただ呆然《ぼうぜん》と立ち尽くしていた。違う、というひと言が喉につかえていた。ようやく落ち着きを取り戻した時、思った。会わなくては。彼に会いに行かなくてはならない。

早川は部屋にいた。かつて、恵子と寝たであろう薄い布団の上に膝を立てて座っていた。まるで、体育の授業中の小学生みたいに、きょとんとした表情を浮かべて膝を抱えている。腕には包帯が巻かれていた。勝手に入った俊也の姿に気付くと、その腕を上げて、「よう」と言った。

「……大丈夫か」

「おれはね」

俊也は、早川の側に腰を降ろして彼の肩に触れた。その瞬間、早川は啜《すす》り泣き始めた。彼の涙が俊也のシャツの布地を濡らした。熱かった。俊也は恵子のことを思った。泣けて来た。知っている人間が死ぬのは、やはり、悲しい。俊也は、早川に同情した。二人で、ひとしきり泣いた後、長い間、沈黙していた。早川が、唐突に話し始めた。それまで悲しみに暮れていた人とは思えないようなうっとりとした声で。

「うちに、さくらんぼの木があった話、したっけ？　空が橙色に染まるくらいに実を付けるんだ」

俊也よりも後に帰宅した妻の玲子が、ビールを飲んで待っていた彼に、背後から抱き付いた。

「ごめーん、遅くなっちゃって。私にもビールちょうだい。あれ？　あなた、また今朝の新聞見てるの？　やっぱり、気になるのね。そうよね、犯人、同級生だなんて」

「なあ、さくらんぼのパイってうまいの？」

玲子は、俊也の突然の質問に吹き出した。

「なあに？　食べたいの？　チェリーパイ。今は季節じゃないからなあ。でも、そんなに食べたいなら、明日、新宿に行くから、デパ地下見て来てあげてもいいわよ。冷凍のやつなら置いてあるかもしれない」

食べたくなんかあるものか。俊也は心の中で呟く。そんな味なんて知りたくもない。その拍子に、早川の言葉が蘇《よみがえ》る。食いたいな、あのパイ。こだますするその声に邪魔されて、夜更けだというのに、彼は、朝刊から目を離せない。

YO - YO

その夜、美加は、男を買ったが、買い物をしたという気分にはならなかった。カシミアのコートが肌の一部に感じられる、そういう冬の夜のことだ。もっとも、買ったとは言っても、男が買わせた訳ではない。彼の寝顔を横目で見ながら、ベッドサイドのテーブルに、彼女が勝手に数枚の一万円札を置いて来たのだ。何故そうしたのかは解らない。気が付いた時には、自分のパースから紙幣を抜いていた。親指と人差し指が、すりのように、素早く、ひっそりと動いたのは覚えている。目覚めた時、あの人は、どのように感じるのだろう。喜ばせたら善行。傷付けたら悪趣味。望むのは、彼が何も感じないことだ。そうであれば、ただの買春。彼女がしたかったのはそのことだけだ。ただし、買ったのは、男の体だけじゃない。

会社の新年会の帰りに、ひとりで立ち寄ったバーは、クラブJという。午前二時のバーには、美加の他には、一組の客しかいなかった。カウンターに腰を降ろし、彼女は、スコッチの水割りを頼んだ。若いバーテンダーが、彼女をちらりと見た。

「こんなバーで水割りなんて野暮かしら」

「一番おいしい水を使ったカクテルです」

バーテンダーの言葉に、美加は笑いをこらえた。気取ってる。若造のくせに。シェイカー振ってる奴らって、どうしていつもこうなのかしら。意識したところにある粋《いき》な言葉なんて、一番、粋から外れているのに。

「あなた、お名前は？」

「門田です」

「年齢は？」

「三十一です」

「御出身は？」

「……身元調査ですか？」

「そう。氏名、年齢、出身、経歴、私が知りたいのはそれだけよ」

門田は、苦笑しながらも、注意深くおいしい水のカクテルを作った。化学の実験のようだ、と美加は思った。

「これ、すごくおいしい。上手なのね。若いのに」

「私と同じくらいのお年に見えますが」

「あなたより二つお姉さんよ。もう年寄りかな、どう思う？」

「私より二年分、お酒の味にお詳しいということでしょう」

「そういう言葉を聞くとね」

美加は、何の感情も含ませずに彼を見た。

「押し倒したくなるわ」

女が男を誘うということに、人は、あれこれと意味付けをするものだ。寂しい女。淫乱な女。やけっぱちの女。男好きの性分。果ては、不感症やらトラウマやらを持ち出し、世の中、たかがセックスが大変なことになっている、と美加は思う。押し倒したくなるという願望を述べただけで手に入るなんて、これいただくわ、とボディショップでローションを店員に差し出すことと、さほど、違いなどないように思える。気のきいた、と当人たちが考える、実は、あまりにも陳腐な会話など無駄なことだと、彼女は感じている。私は、店員と長話はしない主義なのよ。

クラブJの側にあるホテルのシーツの隙間で、二人は、ようやく打ち解けた。ひと息ついて、くすくす笑いが始まると、恥も外聞も失《な》くなる。バーでの約束された会話など、途端に色褪せる。感じたことしか口にしない。感じたいことしか口にしない。一番難しいのは、このことだと思う。女に演技をさせる男は大勢いて、そして、当の男たちは、そのことに気付いていない。自らの溜息で女の演技をトリミングさせる。それが才能だと彼女は思う。大仰さを取り除き、焦点を合わせたセックスに必要なのは、男の体とベッドにシーツ、そして時にはコンドーム。最小限のアイテムがそれだけですむ、世にも素朴なお楽しみ。彼女は、チープシックが好きなのだ。

ホテルの部屋に入るなり、門田は、上着を脱ぎながらこう言った。

「どうして、ぼくを誘ったんです？」

突然、女が男を誘った場合、男の十人に七人は、同じ台詞《せりふ》を言う。八人目は、こう言う。こうなることは解っていたんだ。予言者か。九人目は、こう言う。シャワー先に使って良いかな。風呂好きか。十人目は、不言実行の無我夢中状態。言葉よりも先に、キスの音色が口をつく。すごい吸引力。掃除機内蔵か。

「あなたは、どうして付いて来たの？」

美加の質問に、門田は答えなかった。こういう場合、どのような質問も、答えなど必要としていないのだ。それなのに、男女関係は、いつも答えを求めている。答えと理由は、同義語。男と女には、理由がいる。それが、賞讃の対象であっても、非難の対象であっても。純愛とか、不倫とか、ロマンスとか、性欲とか、行きずりとか。何もないところで、セックスをしてはいけないの？　これが、目下のところ、美加の命題だ。

「門田くん、一緒に、お洋服を脱がせ合いましょう。そして、一緒に、お風呂に入りましょう。それから、一緒に、ベッドで抱き合いましょう」

門田は、吹き出して言った。

「共同作業ですね」

「嫌い？」

「いいえ。小学校の頃の草むしりを思い出した。でかい草を女の子と一緒に引っ張ったっけ」

「そうなの？　それじゃ、雑草を抜きますか」

その瞬間に、美加の頭の中には、校庭のイメージが広がる。鉄棒やトラックの白線。体育室の埃《ほこり》。スウィミングプールのカルキの匂い。夏。今は、冬なのに。ここは、ホテルの部屋なのに。裸になって行くっておもしろい。脳みそが、いっぱい使える。

「美加さんのつけてる香水、何ですか？」

「グッチのエンヴィ。エンヴィって羨《うらや》むっていう意味よ」

「それじゃあ、まず、それを洗い流しましょう」

「門田くんのつけてるのは？」

「え？　別に何も。汗の匂いかな？」

新しい汗は、すべてを始めさせる。門田はもう、おいしい水のカクテルなんて言葉を使わない。その代わり、あなたの体から滲み出るすべての水が大好きだ、などと言う。それは、きっと本当なのだろうと、美加は思う。彼は、とても、喉が渇いていたように見える。辿り着いて飲んだものは塩水だけど。でも、微笑んでいる。嬉しそうだ。いい人かもしれない。

「さっき、草むしりなんて言ったけど」

美加は、門田の背に腕を回しながら言った。

「そんな言葉、聞いたの二十年ぶりくらいかも」

「ぼくも、そのくらいぶりに使った」

「どうして、忘れ去られた言葉が、こんなことする前に出て来たのかなあ」

「ほんとだ。どこにしまわれてたんだろう」

「朝礼の後にやらされたりしたよね」

「夏休みの全校登校日の時とかね」

「前ならえって、何だったんだと思う？」

「ちっちゃい前ならえってのもあったけど、今思うと、ふざけんなよって感じ」

しかし、この瞬間二人がしていることは、どちらかと言うと、ちっちゃい前ならえに似ている。もう大人になった二人は、向き合って、それをしている訳だけど。

「初めて、女の子と寝たのはいくつ？」

「十七歳。美加さんは？」

「十六歳」

「どこで？」

「夜の海。部活の合宿だったのよ。門田くんは？」

「実は、ぼくも、夜の海。昔、サーファーだったから」

「その女の子にしたようにしてみて」

美加は、夜の海辺での初めてのセックスのことを思う。背中に岩が当たっていた。ふな虫が音を立てていた。溜まり水に手を入れると、そこは、昼の暖かさだった。濡れた指に男の子が口づけたように覚えている。だって、塩辛いって言ったもの。その子の肩越しに夜の空を見上げた。私のものだ、と思った。今となっては、それが、空を指していたのか、彼を指していたのか解らない。自分のものなど、本当は、どこにもないように思える。

「初めての時、空を見た？」

「その最中？　ううん、見ないよ。砂を見てた。女の子が、手に握り締めていた砂」

空も砂もないところにいるという事実が、美加の気に入る。何もないベッドでは、あらゆるものを作ることが可能だ。そして、あらゆるものを捨てることも。新しい汗のように。

「私にして欲しいことを言って」

そして、門田は言った。

「ぼくにして欲しいことを言って」

そして、美加も言った。二人は、何度も、要求を伝え合った。まるで、伝言ゲームみたいだ、と彼女は思った。でも、そこに空耳はない。確実に、相手の耳に注がれた言葉は、自分の肉体に届く。正確さは、細心の注意を払ってこそものになる。カクテルのうまい男は、セックスもうまい。自分は何がうまいのかは、と彼女は思う。まったく解らないけれど。

二人が放心状態で体を離して、しばらくたった時、門田が言った。

「ぼくとつき合って下さい」

初対面で女と寝た男の十人中六人はこう言う。七人目はこうだ。良くこういうことするの？　初めてよ。すると、喜ぶ。八人目は、こうだ。ぼくたちって合うと思わない？　ぴったりよ。すると、もう一度抱き寄せようとする。ハングリー精神。九人目は、こうだ。また、会えるかな？　ヴァーチャル・リアリティ。十人目は、無言。高鼾《たかいびき》。うるさい。

美加は、門田の言葉には答えずに、枕の上に頬杖をついた。彼は、あお向けになったまま、裸の胸の上で指を組んでいる。とても、冷静な様子に見える。空気を揺らすことなく、空間にすっぽりと収まっている感じ。彼女は、彼が射精した直後に、口にしたことを思い出す。

彼は、自分に息のかかる位置でこう言ったのだ。

「なんて、幸せなんだろう」

　思わず口をついて出た言葉なのだろうが、美加は仰天した。なんて、奇特な人なんだろう、と言い返したくなった程だ。その直後に、そんなことを言う男なんて、いない。幸せ？　彼女は、それに当てはまる概念を必死に考えた。愛する夫、優しい妻、可愛い子供たち、ペンキを塗ったばかりの犬小屋、夕方に漂うスープの湯気。そこまで考えて、彼女は、心の内で、ひとりごちる。幸せって陳腐だ。好みじゃない。だから、私は、それらを必要として来なかった。でも、彼は、射精を幸せと形容している。幸運と言うなら解る。初対面の女とベッドにもぐり込めたこと。それは、偶然に左右された出来事である。くじに当たったようなものだ。まあ、そこには、確率というものが存在するという話は、さておき。しかし、幸せは、茫漠としている。焦点の定まらないところに身を浸すことのように思える。陳腐なたとえしか出来ない程に、あやふやなものだ。射精って、幸せと呼ぶには、あまりにも具体的じゃないの。

「ぼく、水栽培が好きなんです」

「水……栽培？」

「そう。春になったら、またやろうかなあ。クロッカスとか」

不気味な男だ、と美加は思った。それなのに、何故だろう。彼女は、自分の手の甲で、彼の頬を撫でていた。そして、どんな男にも、言ったことのない台詞を口にした。

「歌、歌ってあげる」

「子守歌ですか？」

門田は、目を閉じて微笑を浮かべた。

「素敵な声だな」

「クリス・コナーには劣ると思うけど」

彼は、徐々に眠りに落ちて行った。そして、完璧な睡眠状態に入る前に、再び呟いた。

「なんて、幸せなんだろう」

美加は、そっと体を起こし、床に足を降ろした。下着や衣服を身に着けながら思った。不思議な夜。堪能した。等価値なもの、残したい。クロッカスの根っこ。

二度目に、美加が、クラブJのドアを押したのは、それから一カ月後のことだった。まったくためらいがなかったと言えば嘘になるが、あの夜は、もうとうに完結しているのだ、と自分に言い聞かせた。金でけり《ヽヽ》をつけたという言い方は、いかにも野蛮だが、それに近い気分だった。もしかしたら、男が女を買うのは、一話完結の夢を見たいからかもしれない、などと思った。夢というのも幸せと同じで、性には、あまりにもそぐわない言葉ではあるが。

門田は、美加を、クラブJの二度目の客として、礼儀正しく迎えた。あの夜のことなど、まるでなかったように、彼女に話しかけた。

「おいしい水のカクテルを下さい」

美加の注文に、門田は、不意をつかれたような表情を浮かべた。

「そういう言い方は、お嫌いだったと記憶していますが」

「そうよ。くだらないでしょ？　押し倒したくならない？」

美加は、二杯のスコッチの水割りを飲み干した後、クラブJを出て、同じホテルで門田を待った。彼女は、ベッドに腰を降ろし、ぼんやりと考えていた。セックスに、お金を使うとって、罪なんだわ。でも、どうしてだろう。私は、未成年でもないし、誰かに強要されている訳でもない。彼だってそうだ。イコールで結ばれていると自らが判断した場合、いったい誰が、それを裁くのだろう。罪に近くなるのは、それが不等式になった時だけ。だったら、世の中の夫婦だって、罪を犯している場合もある。

ドアの叩かれる音で我に返り、美加は立ち上がった。部屋に入って来た門田の黒いコートの肩が濡れていた。

「雪が降って来ましたよ」

そう言った後、彼は、ポケットから、マネークリップにはさんだ数枚の一万円札を出し、ベッドの上に投げた。やはり気分を害したのだろうかと、美加が顔を覗き込むと、彼は、微笑を浮かべて言った。

「今日は、ぼくが買います」

と、いうことは、と美加は思う。私は、売春をするということだ。金額と等価値のもの、彼にあげられるかしら。これって、犯罪？　だとしたら、完全犯罪をめざさなくては。

「あなたは、この間、共同作業を望んだ。でも、今夜は、そういう訳には行かないんです。外は雪だから、ぼくは、今、すごく寒い。暖めてもらえませんか？」

そう言って、門田は、湿ったコートを脱ぎながら、美加に口づけた。なるほど、彼の唇は冷たかった。こんなに冷たかったら、女を買いたくもなるだろう。

他人に移せる体温を持っている自分は、幸せだと美加は思う。こちらの方が、少しだけ過剰なものを手に入れているという認識。それを一枚一枚、薄皮のように剝《は》がして、相手に渡して行く。その内、何かが、その動きを止めさせる。すると、その瞬間、楽になる。後は、何をしても良いような気になる。悪いことって何だろう。少なくとも、ベッドの上にはないような気がする。マネークリップの輝きが目に入る。あそこにはさまれたものが、事を容易にしている。簡単な事柄は、味わいやすい。ただ切っただけのチーズや、グリルしただけの肉のように。

「体、暖まって来た？」

「うん。体のはしっこを暖めるには、こういうことが一番だって感じがする」

熱いお茶を飲めば内臓は暖まる。恋をすれば、心臓が熱くなる。いたいけなものを見れば、心の温度は上昇する。問題は、体のはしっこなのだ。触れてさすらなくては駄目。しかも、他人の手によって。彼は、すごく寒いと言った。だから、私の手を貸してあげる。そう美加は、心の中で呟く。そして、それが、本当に役立った時、彼は、私の手を買うことになるのだ。

「この間、子守歌、歌ってくれてありがとう」

「お気に召しましたか？」

「うん。だから、ぼくも、あなたのために歌ってあげる」

「今!?」

「そう、今」

「まだ最中よ」

「歌を聞いてもらうのも、あの金額の中に入ってる。最中ってのは、オプションだよ」

彼が耳許で歌った歌が誰のものだか知らなかったので、彼女は尋ねる。チェット・ベイカーだよ、と彼は答えた。歌というよりも囁きに近い。それが、彼の声のせいなのか、その歌手のせいなのかは、彼女には解らない。ただ、何故か、こんなことを思う。雪の夜で良かった。なんて幸せなんだろう。

目覚めると、門田の姿はなかった。美加は、ベッドサイドに残されたマネークリップから、紙幣を引き抜いた。一枚ずつ数えて行き、彼女は、ふと指を止めた。彼女が、彼に支払った紙幣より一枚足りなかった。これって、どういうこと？　私の方が彼より安いってことなの？

美加は、起き上がり、膝を抱えた。生意気な男だ、と思った。仕返しのつもりかしら。しかし、昨夜の門田の様子を思い出すと、首を傾げたくなった。楽しそうだった。少なくとも、そう見えた。あんなにも丁寧に暖めてあげたのに。タクシー代がなかったとか。突然、買い物を思い出したとか。偽札が一枚混ざっていたのに気付いて慌てたとか。鼻をかみたかったのに、クリネックスがなかったとか。そこまで考えて、馬鹿馬鹿しくなった。彼女は溜息をついた。売春って、案外、理不尽なことなんだわ。

彼女は、紙幣をクリップに戻し、ベッドの上に放った。そして、再び、シーツの下にもぐり込んだ。朝の光が、閉じられたカーテンの隙間から洩れている。外は、雪景色だろうか、とふと思う。でも、ここにいる限り関係ない。校庭も、夜の海も映し出せた。初めてのセックスだって思い出せた。音楽だって付いて来た。映画を観に行ったのだ。そう思うことにしよう。お金をもらって行く映画なんて、まるで中学生みたいだけれど。初めてのデートで観た映画は何だっただろう。美加は思い出そうとする。そうだ、「愛と青春の旅だち」だ。今、思うと、笑ってしまうくらいに、くだらない映画だったけれど、あの時、私は、最後の場面で、感動して泣いた。でも、本当に感動していたのかな？　隣の男の子に抱き寄せられることを期待して涙を流したのかもしれない。そして、それは、かなえられた筈だ。あの時、既に、私は、涙の効用を知っていた。

そもそも、私は、何故、最初の時、門田を買ったのだろう、と美加は考える。二人で、共同作業をすること自体で等式は成り立っていたのではないか。すると、彼女は、肉体の等式以外のために、金を置いたことになる。そこから、はみ出したもののために、支払いをすませたのだ。体を合わせた瞬間から、滲み出し、広がるその何かのために。その何かが借りになることを良しとしなかったのだ。借り。それは重荷だ。そして、重荷は、自分を侵食する。買売春とは、実は、体以外のものを清算するための落とし前のつけ方のひとつの種類のようにも思える。セックスを買えると信じている男たちに聞いてみたい。支払う金額は、放出した精液の量に比例している？　そのお金、産声をあげようとしている関係を殺すための前渡し金なんじゃない？　女を買う男が、ただで女とやれると思っている男より堕落しているなんて、美加には思えなくなっている。ある種、礼儀正しいとすら思える程だ。ま、フェミニストが聞いたらせせら笑うような思いつきだろうが、私は、ベッドの中では、フェミニストにはなれない。世界の一番小さな所で、肉体の作り出すものは、金に換算出来る。たとえば、体のはしっこ。クリス・コナーの子守歌。チェット・ベイカーのラブソング。

美加は、ベッドから降りて、カーテンを開けた。やはり、一面の雪景色。昨夜の門田の濡れたコートを思い出す。自分の唇を撫でると、冷たさが蘇る。すると、突然、怒りが湧いて来る。よくも記憶を残してくれた、とそう思う。洋服屋で、手持ちの金が足りなくて、買いたい服を取り置きしてもらっているような気分だ。美加の怒りは、門田に、もう一度会わなくては、という思いに変わっている。窓の外の雪が溶けて失くなったとしても、彼女の心には、雪の記憶が残ってしまう。記憶の雪を溶かす程に、熱くていい加減なものが欲しいと彼女は切望している。

次に、二人が、ホテルの部屋で向かい合った時、今度は、美加の方がマネークリップにはさんだ金をベッドに放った。

「数えてみて」

門田は、ベッドに視線を落とした。

「数えなくても解るよ。この間より一枚減ってる。どういう意味？　一枚足りなかったのに腹を立てているんですか？」

「違うわ。それだけの金額の分だけで良いってことよ」

「何をはぶけば良いんだろう」

門田は吹き出した。美加もおかしくなって来た。本当だ。いったい、紙幣一枚分、何を差し引けば良いというのだろう。

「私に、校庭のことなんか思い出させないで。初めてのセックスの話なんてさせないで。子守歌を歌おうなんて気にさせないで」

門田は、頷いて、美加の体を抱き締めた。言葉を使わない抱擁は、腕に力を与える。それによる背骨の軋《きし》みは、錯覚を呼び起こす。まるで、夢中になっているみたい。体の力が抜けたと感じた瞬間、彼女は、ベッドに押し倒された。

「共同作業って、まだ有効ですか?」

「そういうことがしたいの」

「じゃあ、目を閉じないで、お互いに確認しましょう」

「何を?」

答えはなかった。彼女も、それを必要としていた訳ではない。これは、昔の記憶に関する感傷など引き出さないやり方。好みだ。その代わり、それまで気付かなかったあらゆるものが目に入る。男の体の詳細が目に焼き付く。心ならずも、彼女は、学んでしまっている。皮膚の様子。黒子《ほくろ》の位置。肘《ひじ》の尖り具合。汗の流れる道筋。そこには、過去がない。目の前の男の、一番、新しい部分は、彼女の前に差し出されている。えーっと、私は、クリップにいくらはさんだのだったかしら。

「目を開けたままだと何だか恥しいですね」

「恥しい？」

「美加さんは、平気なの？」

ああ、この人、またルール違反を犯している。それとも、私が、勝手にそうしているのだろうか。恥しいから、夜の空を見ていた。恥しいから、夜の砂を見ていた。そして、今、恥しいから、お互いの体を見ている。

「どうして欲しいのか言って下さい。あなたは、ぼくを買ったんだ。買われた分だけ、何かをさせて下さい」

美加は、言葉を捜そうとした。けれど、見つからない。して欲しいことは、言葉にならないことのような気がする。ただ溜息。それは、快楽の押し出す溜息ではなく、諦めの心地良さによるものだ。降伏するって気持良い。今まで、自分の男にしか、そうしたことはなかったけれど。

「今日は、先に帰らないで下さい」

二人が体を離した後、門田が言った。

「それ、命令？」

「そうとも言える」

「そんな権利、あなたにないわ」

「ところが、あるんだ」

門田は、マネークリップから紙幣を一枚抜くと、クリップの方を美加に放った。

「今晩中に、今度は、ぼくが買う」

「本気？　出来るの？」

「うーん、もう少し待てば、何とか」

「私、どんどん安くなってくみたいね」

「サービスがいらなくなって行くってことでしょう？　楽で良いじゃありませんか」

彼女は、クリップにはさまれた紙幣をながめた。二枚しかない。もしも、一枚抜いて、私が彼を次に買ったら、ゲームは終わりだわ。お買い物ゲーム。私のしたかったのは、そのこと？

「売春婦って、客と寝る時に絶対その気にならないって、門田くん、本当だと思う？」

「百人にひとりくらいは、例外もあるんじゃないかな」

「それって、テクニックの問題？　それとも肌合いの問題かしら」

「お金にならないいとおしさを感じたい瞬間だってあるでしょう」

快楽を与える側と得る側が向かい合う時、前者の冷静さに対して金は支払われる。それでは、お互いが、与える側でもあり、得る側にもなり得る時、値段は、どこに付けられるのだろう。私が、プライスタグを付けたものは何？　美加は、再び門田に抱かれながら、ぼんやりと考えていた。

「あなたは、何故、私の値段を落として行ったの？」

「欲しいものが欠けていたから。クラブJで初めて会った時には、それがあったような気がしたんだけど。でも、もういいんだ。たぶん、今度は、美加さんが、ぼくを買う。ぼくは、たった一枚の紙幣で買われる。次に、ぼくは、あなたを買う金がない。ただにして下さい」

「嫌よ。それじゃまるで」

お互いの値段が安くなるにつれて、相手の存在が何かに近付いて行くような気がする。拒絶するために支払ったものが、いつのまにか、心に溜まる。私は、クラブJで、この男と寝たいと思っただけなのに、と美加は不思議に思う。昔のシングルス・バーでくり返された、出来るだけ野暮でくだらない出来事を自分もしてみようと思いついたのだ。そして、後くされのないように金を置いた。後くされ!?　それは、もしかしたら、言い換えてみると。

「それじゃまるで……何ですか？」

途切れた美加の言葉に、門田は尋ねた。

「あなたの女になったみたいじゃない」

門田は、笑って言った。

「自分の女って、ただなんですか？　いいなあ。愛はチープだなんて。チープどころか、フリーって訳ですね。でも、ただ程、恐いものはないって言うし、迷うなあ」

「あのねえ……門田くん」

「あなたが支払った最初の金額から、ぼくが抜いて行ったお金で、何をしましょう。クロッカスの球根でも買いますか？　百年分くらい買えるんじゃないかな。水栽培、二人でしましょう。共同作業」

「ふざけてるのね」

「はい」

門田は、笑い続けていた。美加は、呆れて、彼の顔を見上げた。この人、どうやら、笑いの素を買ったらしい。女の子の手の中の砂を見ていたくせに。クラブJで、スノッブの相手をしているくせに。そして、こんなに、嫌らしく丁寧に、女の体を抱くくせに。でも、悔しいけれど、初めての映画での涙の効用を知っていた女より、笑いの効用を知り続けて来た男の方が、商品としては、上玉だ。

「最後に、ぼくの何を買いたいですか？」

美加は考える。色々、あり過ぎて解らない。まだ見ていないクロッカスの根っこや本物のチェット・ベイカーの歌声。おいしい水で割らないスコッチ・ウィスキーに、乾かない新しい汗。自分の横にある巻きパンのようなシーツの盛り上がり。ぼくとつき合ってくれませんか。はさむもののないマネークリップに、後くされ。全部買えるのかしら、と彼女は不安になる。でも、全部いただくわ。

瞳の致死量

彼と彼女の趣味はピープ。のぞき《ピープ》と観察がどのように違うかなど、彼らは考えたこともない。休日、二人は、どちらかの部屋を訪れる。どちらの部屋からも、向かいのビルディングの窓が見える。飲んで、食べて、抱き合う背景には、遠くの窓枠のギャラリー。いつだって鑑賞出来るように、ベッドサイドには双眼鏡が二つ。どちらからともなく、それらを手にする。重いオペラグラス。それなのに、のぞき見る他人の生活は、決して重みを持たずに、彼らの瞳を楽しませる。私は、この不届きな二人が好き。彼の名前は、ダンケ。彼女の名前は、メルシー。

「世界で一番正確な言葉は、ニューヨークの孤独」

そう呟いて、ダンケは、ノートブックにペンを走らせた。その横で、メルシーは、双眼鏡のレンズを拭き続けている。ダンケは、しばらくの間、メルシーの反応をうかがうが、彼女は何も言わない。

「おい、御意見は？」

「私の意見を求めていたの。書いてたんでしょ？　私に聞かせていたの？」

「言葉が口をついて出るっていうことはね、その言葉が他人にかまわれたいってことなんだ」

「あら」メルシーは、双眼鏡を横に置き、ダンケが腰を降ろしているベッドに飛び乗って、彼の手許のノートブックに目を落とした。そして、書かれた一行を指ではじいて言った。

「世の中に正確な言葉なんか、ない」

「そうかなあ。見つかってないかもしれないけど、きっと、どっかにあるよ」

「ニューヨークにも孤独なんか、ない」

「じゃ、どこにあるんだよ」

「捜そう」

メルシーは向かいのビルディングを指差した。そして、レンズを磨いたばかりの双眼鏡を自分の目に当てた。ダンケも同じ格好で窓枠にもたれて横に並ぶ。夏のニューヨークは日の入りが遅い。空気は疲れているのに、外は、まだ明るい。

「四階の左から三番目」

「あそこ、つまんないよ、幸福な家族だろ？」

「でもないんだな」

メルシーの言葉に好奇心をそそられて双眼鏡をずらすと、諍《いさか》いの真っ最中の中年夫婦の姿が、ダンケの瞳に飛び込んで来る。二人が向かい合っているだけで、争いの最中だと解るのは、妻が腰に手を当て、夫がそんな彼女に人差し指を向けていたからだ。ものの解った中年のカップルは、決して中指を立てたりなどしない。後始末が面倒臭くなるからだ。

「女は、怒ると何故、腰に両手を当てるのか」

「胸に当てりゃ仲直りになるのにね」

「君は腰に手を当てて、ぼくの前に立ちはだかったりはしないから好きだよ、メルシー」

「だって、話しかけられるたびに、お礼を言われてるんだもん。そんなこと出来ないよ」

ダンケは、隣にいる自分の女の子が突然いとおしくなったらしく、テディの裾から手を入れ、彼女の尻に触る。すべすべ。スムーズ。たぶん。

「あ、女が男を殴った」

「女は強い」

メルシーが呆れたように、ダンケを見る。

「女は弱いんだよ」

「きみのその古い考え方が好きだよ。それにしても、今日は子供たちの姿が見えないね」

「夫婦の争いを子供に見せない配慮。その礼儀正しさが好きだわ」

「その代わり、ぼくたちに見せている」

「こちらが勝手に見ているんでしょう？　ねえ、ダンケ、人の幸福って、のぞき見ても全然おもしろくないのに、不幸はどうしてこんなにも興味深いのかしら」

「セックスをのぞくのも愉快だよ」

「だとすると、セックスって不幸な行為なのかしら」

「他人に見せたら不幸、見せなければ幸福」

そう言って、ダンケは、いったん双眼鏡を窓枠の上に置き、メルシーの背後に回る。そして、薄水色のテディを降ろして、自分の体を重ねる。彼女は、膝をつき、尻を突き出したままの格好で彼を受け入れる。目に当てた双眼鏡が、彼の腰の動きと共にぶれる。

「リーヴァイスのボタンが当たって冷たいよ、ダンケ」

彼は、ジーンズを膝まで降ろす。

「ねえ、三階の一番右の部屋」

再び彼が双眼鏡を手にしてのぞくと、そこでは、ベッドの上で、彼らと同じことをしている二人がいる。他人に見られているとは思いもよらない恋人同士は、ありとあらゆる行為に身をまかせている。セックスと愛情が、どこで接点を持つのかが、私には解らない。愛情は見えない。セックスは見える。ダンケとメルシーは、その事実に首ったけになっているようだ。自分たちのセックスなど見てもいないというのに。

　二人が、他人の生活を盗み見ることに夢中になりだしたのは、いつ頃からだっただろう。双眼鏡は、たったひとつしかなかった筈だ。それは、ダンケのベッドの側のコーヒーテーブルの上に、ぽつりと置かれていた。しかも、ニューヨーク・ニックスの試合を観戦する時以外には埃をかぶって置き去りにされていたままだった。ジェイムスとシンディという本名で呼び合っていた頃。二人は、自分たちのセックスしか知らなかった。部屋の窓は、常に、こちら側に向かって開かれていた。舞台は、たったひとつ。それは、自分たちの足で踏みしめるものに他ならなかった。ギャラリーに掛かる絵は、すべて自分の残像。彼らのそれまでの物語の中で、主人公は、いつだってたったひとり。それは、自分。そして、相手役もひとり。それは、恋人。そこに、脇役を数人巻き込めば、終わりなき連続ドラマが作り出されて行く。第百十二話、さて運命の出会いなのか。ジェイムスとシンディの恋の行方はいかに。次週に続く。

　続かなくさせたのは、シンディの母親の死だ。事故で呆気《あっけ》なく母親を亡くした時、彼女は三日間、泣き続けた。四日目、涙が止まらないのに困り果て、ジェイムスの許を訪れて、また、泣いた。彼は、その間じゅう彼女の肩を抱き寄せて、髪を優しく撫でていた。労《いたわ》る恋人のあるべき姿。慰められ癒され、その恋人は落ち着きを取り戻す、筈だった。

「ジェイムス」シンディが顔を上げた。

「大変なことになったわ」

母親の死よりも大変なことがあるのか、とジェイムスは、どぎまぎしたように彼女を見詰めた。

「どうしたの？」

「ジェイムス、私、涙が止まらない」

「大丈夫だよ。その内、止まる、きっと」

「止まらないのよ。解るの。大変だわ。ママの死は、もう終わっているのに、私の悲しみは終わらないのよ」

ジェイムスはシンディを抱く腕に力を込めた。途方に暮れているふうだ。咳止めの薬のように涙を止めるものがあれば良いのに。夕闇がせまり、向かいのアパートメントには明かりが灯り始めた。そのひとつが窓枠にもたれた女をぼんやりと照らした。ジェイムスは、片手で双眼鏡を取り、シンディの肩越しに外を見た。女は、泣いていた。

「シンディ、見てごらん」

ジェイムスは、自分の双眼鏡をシンディの目に当てた。

「見えるかい？　あの女の人、ずっと泣いている」

シンディは、しばらくの間、外を見ていた。

「あの人、たったひとりで泣いてる。なんだか、可哀相」

ジェイムスは、シンディの耳許に口を付けて囁いた。

「きみより不幸だ」

シンディは振り返り、ジェイムスを見詰めた。涙は止まっていた。

「ありがと。ジェイムス、あなたって、すごい」

「別にすごくなんてないよ」

「すごいよ。私は、あなたに最大の感謝の気持を捧げます」

「そんな大袈裟《おおげさ》な」

「一生、感謝するつもりよ。そうだ、これから、あなたをサンクスと呼ぶことにするわ。そうしたら、自動的に、感謝の気持が積み重ねられるでしょ？」

「サンクス!?　それは、ちょっと」

「クールじゃない？　じゃ、ダンケにする。いずれドイツに行くことになったら、誰もがあなたを尊敬するわ」

「ドイツ!?　いったい、いつ行くんだよ」

「知らないけどさ」

ジェイムスは、なんだか愉快な気分になって来たようだ。大好きな女の子は、いつのまにか元気になっている。目出たし。

「それじゃあ、ぼくは、きみのことをメルシーって呼ぶよ。フランスに行った時、皆に尊敬されるだろう?」

「連れてってくれるの? フランス」

シンディの言葉に、ジェイムスは、困ったような笑みを浮かべた。シンディは彼に抱き付いて言った。

「フランスなんて」

二人は、薄暗い部屋の中で、いつまでも抱き合っていた。こうして、ジェイムスとシンディは、ダンケとメルシーになった。それまで、バスケットボールの試合を観戦する以外に用途のなかった双眼鏡は、レンズを涙で濡らしたままダンケの手にあった。メルシーの悲しみに区切りをつけた道具。向かいのアパートメントの窓辺では、まだ女がひとり、泣いている。

以来、二人は、憑《つ》かれたように他人の生活に夢中になっている。正確に言えば、他人の生活を自分たちのそれと重ね合わせることに。重ね合わせると、どちらかがはみ出す。そのずれた部分に対して、喜んだり悲しんだり。新しいずれを追い求める彼らの貪欲さには際限がない。いくつもの生活が確実に重なる箇所は、どんどん色を深くする。密度が濃くなる。不幸の密度。その側に広がる幸福の色は淡過《あわ》ぎて、彼らの瞳には映らない。だから、二人は、互いを呼び合って、時には確認しなくてはならない。メルシー、なあに？　ダンケ。

それにしても、地上から離れたところに住めば住む程、何故あんなにも人は無防備になってしまうのか。ドアの鍵は何重にもかけられ、完璧に侵入者を拒んでいるというのに、窓ときたら、開けられている閉められているにかかわらず、内部をさらけ出している。ブラインドが降ろされ、カーテンが引かれるのは、夜がすっぽりと世の中を覆う頃。中には、それでも隠すことを忘れた窓もある。まるで夜のガラスを単なる鏡としか思っていないかのように。

「ダンケ」メルシーが呼ぶ。

「見て」

今日は、ロワーイーストの彼女の部屋。促されてのぞいたダンケの瞳に、泣きわめいているらしい三人の幼児の姿が飛び込んで来る。元々、貧しい人々の多く住むこの界隈だが、剝がれた壁紙や壊れかけた安物のテーブルなどの様子で、その部屋の家族が明らかに困窮しているのが解る。母親らしい女が、何度も一番小さな子供をぶっている。そして、子供たち同様、母親自身も泣いている。

「なんで、下着姿のままなのかしら。余計に悲しくなるわ。あの女、いつもそうなのよ」

「服を着ることを思い出す以上に、心を占めていることがあるんだよ」

「通りを一本隔てたこちら側には、ヒップなクラブが何軒もあるなんて変ね。この辺の住人と遊びにやって来る人たちの気分の違いときたら、すごいものがあるわ」

「この界隈は、エキサイティングなんだ」

「どうして?」

「貧乏は、興奮につながると金持は思う」

「興奮って?」

「命を奪われるんじゃないかという予感。それに、わざわざ身を投じているという快感。それらを感じるには、明日、自分が死ぬ訳はないという呑気で強固な確信が必要なんだぜ」

「えー?」

メルシーが、双眼鏡を外してダンケを見る。意外だ、という表情を浮かべている。

「死ぬよねえ、時々」

「うん。可能性の中で、一番、実現しやすいものが、死、だよね」

ダンケが、双眼鏡を当てたまま言った。

「ぼくが、やがて億万長者になるとか、ヴィレッジ・ヴォイスで絶讃されるような物書きになるとか、マドンナに二人目の父親になれとせまられるとか、そんな可能性より一番、手近なのが、死、だと思う」

「ダンケ」メルシーは、ダンケに抱き付いて啜り泣いた。

「死んじゃ、いや」

「死なないよ」

ダンケは、メルシーの泣き声など一向に意に介さないかのように、怒る母親の部屋から目を離さない。

「ぼくも、シカゴの子供時代、いつも母親に殴られていた。死ぬかと思ったけど、死ななかった。だからさ……」

ダンケは、ようやくメルシーに向き直って言った。

「生きのびる可能性ってのも、身近にあるってことなのさ」

「ほんと？」

「ほんとさ。マドンナにせまられるよりも、生きて行くのは簡単」

メルシーは突然、機嫌を直したらしく、今度は音を立てて、彼の顔じゅうに口づけた。

「生きのびて来られた私たちって、あの子供たちよりは幸せね」

「うん。同じ下着姿でも、きみとあのお母さんとは大違い。これ、シルク？」

メルシーは恥しそうに頷いたが、誰が見ても、そのキャミソールとそろいのタップパンツは、ナイロン百パーセントだと解る。本当は、ダンケだって知っている筈だ。でも、仕方ない。泣きわめく母子を見た後では、どんな肌ざわりも絹のようになめらかになる。ダンケの着けているガラス玉のイヤリングだって、メルシーの目にはダイヤモンドにしか見えない筈だ。

ダンケは、メルシーの体をベッドに横たえた。そして、彼は、優しくその上に覆いかぶさる。二人の視線が出会う。相手の瞳に自分が映る。見詰め合うことで、ようやく彼らは、自分自身をのぞき見る。好きだ、と感じている。そうに違いないと、私は、思う。相手の瞳に棲《す》みついている自分は、決して孤独ではないのだ。同じものを沢山見詰めて来た瞳たち。しかし、そこに二人で一緒に住むことは出来ない。それを確認することは、ますます相手を欲しくさせる。

「ダンケ、あなたと私のどちらが不幸？」

「さあ。ぼくの方が不幸だといいな。そうしたら、きみの幸福が際だつでしょう？」

「そんなこと、ない。だって、私が、もし、あなたより不幸だったら、安心したりする？」

「いや」ダンケは、自分よりつらい境遇に置かれたメルシーを想像したらしく、慌てて首を横に振る。

「きみの不幸は、幸福の踏み台には決してならない。双眼鏡の向こうにいる人たちのものとは違う。どうしてだろう。ぼくは、きみをおもしろがれない」

「私、おもしろくない?」

「そうじゃないよ。そういう意味じゃない。なんて言うのか……」

メルシーは、ダンケの唇をキスで塞《ふさ》いだ。その瞬間に、彼は目を閉じる。閉じれば、闇。もう、誰にものぞかれない。そんなのは嫌だとばかりに、彼は再び目を開ける。のぞかれたい、と彼は思っているに違いない。メルシーにだけは、いつも、のぞいていて欲しいと。

早朝、ダンケは、メルシーの部屋を後にした。ベッドの中から眠たげな様子で、彼に手を振って見送ったメルシーは、ドアの閉まる音を聞くやいなや、素早く飛び起きて窓辺に駆け寄った。手に取った双眼鏡を当てて見降ろしていると、アパートメントから出て通りを歩いて行くダンケの姿が見えた。歌でも歌っているのだろうか。口を動かしている。即興の詩でも口ずさんでいるのかもしれない。指を鳴らすのと同時に、ステップを踏み始めた。まだ人気のない朝、ひとりの男が、ストリートで浮かれている。ビルディングの谷間にさす、まだ新しい太陽の光が、彼の逆立った髪を輝かせている。脱色した灰色の髪の毛は、まるでブロンドのように朝日をはね返している。

「まあ」メルシーが呟いた。

「あの人、ここで幸せになっていったんだわ。だって、ダンケったら、まるで、ミュージシャンかダンサーか王子様に見える」

ミュージシャンでも、ダンサーでも、王子でもない男が、そう見える時には、幸福であるということか。メルシーは、ダンケが、イエローキャブを拾うのを見届けてから、再び、ベッドにもぐり込んだ。甘い夜に少し疲れた安らかな寝顔。お休み。

氷の部屋、と二人が呼ぶ窓がある。ダンケの部屋の向かいのアパートメントにあるその部屋は、いつも窓が閉められている。きっと、氷が張るくらいに冷房を効かせているのだというメルシーの言葉から、その呼び名が付けられた。コーヒーカーテンの隙間から見える部屋の中は、常に、整えられていて不用意に置き去られたものなど、何ひとつない。ラブチェアに座る老婆以外には。

彼女は、いつも、そこにいる。少なくとも、ダンケとメルシーが、のぞく時にはいつでも。銀髪のシニョンを揺らすこともなく、窓に近い壁際に置かれた二人掛けの椅子に、背筋を伸ばして座ったまま、一点を見詰めている。

「蠟《ろう》人形かもしれないよ」

ダンケの言葉に、メルシーは身震いする。

「どうして蠟人形が、あんなとこにあるの?」

「ぼくたちを恐《こわ》がらせようとしているのかもしれないぞ。どうする、メルシー」

メルシーは、両頰を手ではさんで叫び声をあげながら部屋じゅうを走り回った。ダンケは、呆れたように彼女を見た。

「女優さん、そういうひどい演技は止めてくれないかな」

「ごめんなさい」

メルシーは、あっさりと恐がるのを止めて、再び、氷の部屋をのぞいた。もちろん、老婆は蠟人形などではなく、生きていた。時折、TVのリモートコントローラーを手にして、局を替えているようだった。

「なあんだ」ダンケが、半分、本気で安心したように溜息をついた。

「ただのTV好きの隠居ばあさんじゃないか」

彼は、双眼鏡を置いて、台所に飲み物を取りに行こうとした。その時、メルシーが、彼のTシャツの裾をつかんだ。彼は、怪訝《けげん》な顔をして、そちらを見た。

「でも、あのTV、点《つ》いてないよ、ダンケ」

ダンケは、慌てた様子で、再び双眼鏡をのぞいた。

「ねっ？」

メルシーとダンケは顔を見合わせた。いったい、どういうことなのだろうと、二人は話し合いを始めた。

「自分の目が不自由なのを忘れているんじゃないのか」

「違う！」

メルシーが、きっぱりと言った。

「彼女にだけ見えてるものがあるんだわ」

「何だよ、それ」

メルシーは、ダンケの瞼《まぶた》に触れて閉じさせた。

「何が見える？」

「何も見えない」

「嘘よ。もう少し努力してみて。あなたにだけ見えるものがある筈よ。正面に、電源の入っていないＴＶがあります。はい、どうぞ」

二人は、しばらくの間、沈黙していた。ダンケは、神妙な顔をしていたが、ついに、笑い出した。メルシーが、彼の瞼から指を離した。

「やっぱり、見えない」

「そう」メルシーは、がっかりしたようにうなだれた。

「年寄りにならなきゃ無理なのかなあ」

「何が見えているんだと思う？　あのおばあさんの個人的ＴＶには、何が映っているんだと思う？」

「かつての、あのラブチェアに一緒に座っていた人と見たもの」

ダンケは、突然、メルシーを抱き締めた。

「どうしたの？　ダンケ」

「解らない。ぼくたちも、あんなふうに年老いるんだろうか。そして、たったひとりで、ラブチェアに座ったまま死ぬのを待つんだろうか」

「可哀相なダンケ」

「可哀相なのは、ぼくだけなの？」

「私は、あなたと一緒に、沢山のものを見て来たし、これからも、たっぷり見るつもりよ。だから、あんなふうにおばあさんになっても平気。消えてるTVの画面に何でも映し出す能力が、将来、備わると思うの。未来は、素敵」

ダンケは、ほっとしたように溜息をついて、メルシーを抱く腕を緩めた。彼は、たびたびメルシーによって救われているように見える。しかし、元はと言えば、彼女の方が先にダンケによって救われたのだ。そして、二人を同時に救うものが、以来、無数に双眼鏡の向こうに点在している。ニューヨークという街で遭難した二人は、いつだって、窓の灯に手を振っている。

もちろん、ダンケとメルシーは、双眼鏡などなしで安らかな日々を確認することもある。

手をつないで公園を歩く。河のほとりで日光浴をする。のみの市をひやかす。そんな他愛のないデートの最中、どちらからともなく言い出す。

「幸せに見えるんでしょうね、私たち」

「もちろん見えるよ。だって、その通りなんだから」

そして、顔を見合わせて微笑む。しかし、本当は、誰も自分たちなど見ていないのを知っているに違いない。関わりのない人のありきたりな幸福など、不幸よりも役に立たない。平和を望みながらも、平和はつまらないと感じるのだ。

ダンケとメルシーも、時折、どちらかが故意に仕掛けたとしか思えない喧嘩を始めることがある。そんな時のメルシーは、やり方が派手だ。部屋じゅうのものを引っくり返し、泣きわめく。しかし、決して、ダンケの部屋を出て行かないし、彼を自分の部屋から追い出したりしない。彼の前でしか救われない自分を知っているのだろう。

彼女は、いつも、ダンケの部屋のチェストを蹴り飛ばす。だから、そこには、いくつものへこみがある。仲直りの後、確認するたびに、ダンケは呟く。これが増えるたびに、彼女が感じた幸せの数は増えて行くんだ。

気分が落ち着くと、メルシーは、ばつの悪そうな表情を浮かべて、ダンケにすり寄って言う。

「あなたを本当に好きだっていうのが解ったわ」

そして、前に、のぞき見たことのある男女の諍いの例を持ち出す。あの喧嘩より、自分たちの方が、どれだけましであるかを話し始めるのだ。それを聞きながら、ダンケは、明らかに、ほっとしている。抱き寄せて、セックスをする。幸福を取り戻した女の味は？　それは、たぶん、天国よりも甘い。

二人で双眼鏡をのぞいていると、時には、とんでもない光景に遭遇する。革のさるぐつわをした中年の男が縛られたまま、若い女に踏み付けられている風変わり《キンキイ》なお遊戯や、麻薬に手を出して恍惚としている主婦、自分の娘らしい幼女の下着に手を入れている気の良さそうなパパ、など、など。たいていの場合、呆れたり驚いたりしながらも放って置くダンケとメルシーだったが、その日は、そうも行かなかった。

時には争いながらも幸福であった筈の、四階の左から三番目の夫婦の様子が、いつもと違ったのである。口論をしていただけだったのが、いつのまにか激しい喧嘩に変わりつつあった。普段は紳士然とした夫が妻を殴り始めた。それを阻止しようと間に割って入ったのは、若い男だった。

「夫と妻とその愛人の図だね、ダンケ」

「こんなにも解りやすいストーリーが展開されて良いものだろうか。いったい、いつから、あんなことになってたのかな、ぼくたちに断わりもなく」

「こっちだって、断わらないで見てるのよ、馬鹿ね」

愛人らしき若い男は、呆気なく夫に突き飛ばされて尻餅を着いた。

「行け！　がんばれ！」

「弱いよねえ。他人の妻を寝盗る図々しさがあるなら、あそこで立ち向かう勇気も欲しい。ね、ダンケ、もしも誰かが、あなたから私を盗ろうとしたら戦ってくれる？」

「誰が盗るの？」

ダンケが、にやにやと笑いながら尋ねた。彼は自信を持っているのだ。彼女は、どんな男にもなびかないであろうことに。一方、戦いなどという言葉を口にしたメルシーは照れているようだ。自分は、彼以外の男とどうにもなる訳がないし、万が一の場合は、彼が戦ってくれるのは良く解っている筈だ。彼女は、頰を赤らめて口ごもった。

「誰がって……うーん、神様とか？」

ダンケは、その答えを聞いて大笑いしていたが、突然、ぎょっとしたように身を乗り出した。

「大変だ！」

愛人らしき若い男が、夫に銃を向けていた。夫も妻も凍り付いたように動かない。

「警察に電話する！」

　ダンケは、台所の壁に掛かっている電話機の方に走った。

「大丈夫よ、撃ちはしないと思う。あの人、震えている。人を殺す勇気なんてないわ」

「何言ってんだよ。撃ってからじゃ遅いだろ？」

　メルシーは、振り返って言った。

「だって、何て通報するのよ。他人の部屋をのぞいてたら大変なことが起こってたって？　ただ通報したって悪戯《いたずら》と思われるだけよ」

　ダンケは、一瞬、911を押すのを躊躇したが、かまわず警察に通報して事の次第を説明した。

　一方、メルシーは、開け放たれた窓から身を乗り出して、突然のソープドラマの出現に夢中になっていた。両手を上げた夫に、若い男がにじり寄っていた。妻の様子を知りたいと思ったのか、メルシーは、さらに身を乗り出し、双眼鏡の角度を変えようとした途端、それは彼女の手を滑り落ちた。そして、それを追うようにして、彼女の体もバランスを崩した。

　ダンケは、自分の名を呼ぶメルシーの悲鳴に驚いて、窓辺に駆け寄った。かろうじて窓枠につかまり生きのびているメルシーが、アパートメントの外にぶら下がっていた。ダンケは、必死の形相で、彼女の手首をつかみ引き摺《ず》り上げようとした。

「もう駄目よ」

彼女が弱々しい声で言った。彼は、泣きじゃくり、顔を真っ赤に染め、それでも努力した。しかし、その甲斐もなく、彼女は彼の名を呼びながら、歩道に墜落して息絶えた。彼は、彼女を失った窓辺で、その名を呼びながら立ち尽くしていた。台所では、外れてぶら下がったままの受話器から、警察の応答を求める声が雑音混じりに響いている。

互いの名を呼びながら、別れを迎えることになった彼と彼女。二人をのぞき見て来た私は、ああ、どのような言葉を捧げて良いのか解らない。彼の名前は、ダンケ。彼女の名前は、メルシー。やはり、これしかあるまい。どういたしまして。

LIPS

口は災いのもとと言いますが、ぼくは口のおかげで良い目ばかりを見て来ました。え？　本当なの？　あなたは、いったい口を何に使って来たの？　そりゃあ色々なことにです。食べたり、お喋りをしたり、口づけをしたり、セックスをしたり。それは普通のことじゃないの。誰もが口をそういうふうに使うものよ。でも、ぼくは、それを糧を得るために使いこなして来たのです。どういうこと？　まさか、商売道具だったりして。その通り。ぼくの喉、声帯、歯、舌などは、とても有効なものでした。それらすべては、口という袋の中に入れられ、唇というジッパーで開け閉めされる機会を待っていました。へえ？　そう言えば、あなたの唇は、ずい分と印象的ね。ありがとうございます。御婦人方は、皆さん、そうおっしゃるのですが、本当に観賞に堪えられるようなものなのでしょうか。ぼくには、もうひとつ解らないのです。あまりにも簡単に事が運び過ぎていたせいですかね。そうねえ、具体的に検証してみましょうか。あなたの唇は部厚い。憮然としている。これは口角が下がっているせいね。ところが、時折、それが引き上げられる。笑顔を作るように見せかけながら、そこには、気を許したたたずまいの微笑が刻まれるだけ。輪郭が、くっきりとしている。そのために唇は別の生き物のように独立して見える。まるで秘密の小箱みたい。確かに、ぼくのツールボックスではあるのですが。何を組み立てるの？　言葉です。言葉？　それは、意識して組み立てるものなの？　昔は違いました。出したい時に、ぽろぽろと唇からこぼしたものです。まるで生理現象。放尿ほど心地良くはなかったけれど。それが次第に変わって行ったのね。はい、そうです。いつから？　正確には覚えてはいませんが、同じことが続いて何度目かに。同じことって何？　こぼれた言葉が、まるで銀行のディスペンサーの暗証番号のように現金を引き出したのです。どこから？　女の財布から。どんな暗証だったの？　誉め言葉。そして、金がないと続けた。でも、それは、女に向けて言った訳ではありません。その頃のぼくにとっては、言葉は生理現象。別に人に聞かせようとして口にした訳じゃない。最初は、ひとり言《ごと》だったかもしれない。特に、金がないと呟いた時には。それなのに、女は自分から財布を開いたのね？　その通りです。金がないとはっきり言ったのか、給料前で苦しいと言ったのかは思い出せませんが、その数分後に数枚の一万円札が、ぼくの前に差し出されたのです。数枚って、何枚？　確か、三枚。その女にとっては、たいした金額ではなかったのでしょ？　でも、ぼくは、とまどってしまって、受け取らないと伝えたのです。なのに女は、そのお金を、あなたに押しつけた。それに近かったと思います。まあ、本当に助かったので礼を言いましたが。お金がないことを口にした数分後に、あなたはお金を手にした。その数分の間に何が起こったのだと思う？　その時には解りませんでした。今なら解るのね？　ぼくに向かう女の心がキャッシュに換算された。女が、ディスペンサーになったと思った？　まさか。ぼくは、金を無心した訳ではありません。無欲である程、手に入れるものは多いのよ。今なら解ります。だから、ぼくは、無欲のための演技者になった。お金のために？　そう金を手に入れるために。詐欺師の誕生という訳ね。自覚しただけですよ。で、暗証コードは？　結婚。

欺《だま》されてるんじゃないの？　と、たったひとりしかいない女友達に言われました。え？　きみ、ひとりしか友人がいないの？　苦手なんです。他人と心を許し合うなんて滅多に出来ない。グループで友達ごっこをしている人たちを見ると信じられない思いがします。でも、その女友達には心を許せたんだね。許してた訳じゃありません。私は、誰にもそんなことはしない。親に対してだってそうでした。可愛気のない子だと言われ続けて来ました。人を心から好きだなんて思ったこともありませんでした。淡々とした毎日を乱されるのが嫌でした。毎朝、同じ時刻に目覚めて、同じ朝食をとり、会社に出勤し、定時に仕事を終えて、買い物をして家に帰る。そして、夕食を簡単なものですませて、細々《こまごま》とした雑用を片付けて、お風呂に入り、本を読んで寝る。その生活が嫌いではありませんでした。好きでもなかったけれど。会社の人たちと酒を飲むなんてことは？　時には。でも、それは、送別会とか、新年会とか、特別な日だけ。皆、たぶん義理で誘ってくれていたんでしょう。とうが立った事務のおばさんでも、声をかけない訳には行かないでしょう。おばさん？　いくつなの？　三十五です。それで、おばさんなの？　そう思った方が楽ですもの。寂しくない？　どうしてですか？　誰もが、大人のいい女を目指す必要なんてないと思うわ。雑誌を開くと、いつまでも若々しく美しくいるにはなんていう特集ばかりやっている。そこでは、常に好奇心を持つことが大切だって、必ず書いてあります。でも、それは、良く読むと、人に対して、あるいは、人の使ったものに対しての好奇心。決して静かな生活への好奇心ではない。誰もが、興奮や感動を求めているみたい。わくわくするって、そんなにも大切なことでしょうか。わくわくした気分を味わったことはなかったのかい？　ありませんでした。でした、というのは？　つまり。あの男に出会うまでは、ということ？　そうとも言えるし、そうでないとも言えます。わくわくなんていう子供の使うような言葉を当てはめて良いのかどうか解りません。正確に言えば、彼に対して、わくわくしていた訳ではないのです。彼の存在自体は、ほとんど不愉快とも言えたわ。何故？　私の生活の隙間を押し広げるようにして入り込んで来たから。

しかし、それは、きみ自身が許したことなのでは？　結果的には、そういうことかもしれません。けれど、私は、あの男によって、自分から何かを選択するという決意をすべて奪われてしまったような気がするのです。でも。でも？　もしかしたら、奪わせることが、私の最大の選択だったのかもしれません。今まで、きみにそう思わせた人は？　いません。つき合った男の人がいなかった訳ではないけれど、奪わせてあげると感じたことなんてないわ。きみは、本当は、それが自分の欲望から来ているのを知っていたんだね？　口惜しいけど、正直に言えば、その通りです。何が、その欲望のきっかけを作ったの？　唇。唇？　ずい分、具体的じゃないか。あの人は、唇から、すべてを始める、そういう人よ。キスが上手だということ？　キスから知り合うなんてこと有り得ないでしょう？　触れることなく、他者をこじ開ける唇もあるのです。何をこじ開けられたの？　それまで、私の中で閉ざされていたもの、いいえ、自分から閉ざしていたものかもしれません。性的だった？　そうだったかもしれません。けれど、それは、体に直接訴えかけるような類のものではありません。良く解らないな。具体的にどういうことなの？　彼の唇は息を吐いていました。当然のことじゃないか。でも、私は、他人が呼吸している事実を知ったのは初めてだったのです。彼の呼吸だけが特別だった？　生きていれば誰もがすることだけど。私の前で息をしているのが彼であったというのが重要だったのです。何故なら、初めてそれを見た時、自分も息をしているのが解ったからです。で、彼は、息をしながら何をしたんだい？　感じ良く笑いかけたりした？　いいえ、むしろ、怒ったように唇を曲げていたわ。不本意だって顔をしていました。それは、どこで？　会社で。彼、営業に来ていたのです。私が、お茶を出しました。不愛想だから営業には向かないだろうな、と思いました。こんな不貞腐れたように結ばれた唇を昔、見たことがあると、ふと思いました。誰の唇？　私の、です。きみの？　そう。鏡に映った私の唇。昔のことです。私は、もう人前で、そんな表情を浮かべることはありません。不愛想は生きるのを面倒臭くさせるわ。お気に入りの孤独を手に入れるには、人前での当たり障りのない笑顔が必要でしょう。処世術？　そうです。彼を見て思いました。この人は、そんなことも、まだ知らないくらい若いんだわ、と。私にしては珍しいのですが、目の前の男が可哀相になったので声をかけました。なんて？　慣れない内は大変でしょうけれど、お仕事がんばってねって。彼は、どう返したの？　何も言わずに、困ったように微笑みました。唇が割れて歯が覗いていました。それを目にした途端、私は、心の中で声を上げました。どんな声を？　肘をぶつけて、神経に触れた時、驚くでしょう？　そんな瞬間に不意に上げてしまうような声だったんじゃないかしら。彼は、その声を聞いたかな？　だと思います。ぽつりぽつりと不器用な感じで、私に、あれこれと質問をし始めたの。一瞬の内に心を許したという感じで。そして、きみは、それに答えた。ええ。今思うと、すべてが私を知るための的確な質問だったと思います。不器用そうに見せたのは演技だったと。たぶん。でも、営業していたのが私に対してだなんて、その時には気付く筈もないじゃありませんか。

ぼくは、詐欺師なんかじゃありませんよ。だって、名前も職業も経歴も、表面的な事柄に関して嘘をついたことなどないのですから。でも、彼女たちとあなたの間には、確実に嘘は存在していて、だから、あなたは、お金を引き出すことが出来たのでしょう？　彼女たちは、信じたがっていただけです。ぼくが吐き出すすべてのものに飢えていた。言葉からしたたる雫《しずく》の一滴ですら舐《な》め尽くさんばかりだった。その貪欲さに圧倒されて、ぼくは嘘をつく間もなかったのです。彼女たちは、尋ねなかった。だから、ぼくも話さなかった。そういうことはいくつもあります。尋ねなかった？　何故？　さあ、解りません。もしかしたら、ぼくに嘘をつかせたくなかったのかもしれません。嘘つきを自分の男にする訳には行かなかった？　あるいは、具体的な事柄に関する嘘など、取るに足りないものだったのかも。それでは、彼女たちが重要視していたのは何？　ぼくが自分たちのものになるという可能性。それは思い込みでしょう？　そうですけど……でも、女を欺すということは、その可能性をあやしたり、苛《いじ》めたり、可愛がったりして元手を得ることから始めなくてはならないのです。その可能性自体があなたの最大の偽り？　ぼくが嘘をついたとすれば、その中ででしかない。だって、結婚をほのめかしたんでしょう？　ほのめかしたなんて。ぼくは、はっきり言いました。結婚しようと。提案です。で、彼女たちは、その言葉を受け取った訳ね。本当にそうだったかは、ぼくには解らない。ぼくが相手にした女たちは結婚に甘い夢を見るような種類の人々ではなかった。あなたを結婚という形で自分のものにしたかったんじゃなかったの？　たとえば、子供の口のまわりに付いた食べ滓《かす》を母親が指で拭ってやる。彼女たちにとって、結婚という言葉は、その食べ滓に似ていたかもしれない。あなたの唇のまわりに付着した小さな汚れ？　ええ。そういう時、いとおしい気分になるものよ。解ります。いとおしいもの。それが、ぼくの可能性だったと思う。ちょっと、いい気になってない？　そうさせる女を選んで来たのです。彼女たちは、それを好んでいた。普通、逆なんじゃないかしら。欺す男は、女をいい気にさせるんじゃないの？　解ってないな。そうかしら。いい気になった女が開くのは脚だけだ。財布じゃない。まして、銀行の扉を押すなんて有り得ない。財布から、銀行にシフトさせたのはあなた？　いいえ。ぼくは、ただ借金があると言ったのです。それだけで、こつこつと貯めて来たお金を差し出したりするものかしら？　そうさせることが出来たから、ぼくは、犯罪者と呼ばれずにすんでいるんじゃありませんか。犯罪者だわ。でも、強盗じゃない。窃盗犯でもない。人のお金を自分のものにしてしまうのは泥棒と呼ばない？　それじやあ、ギャンブルは？　ボランティアは？　違うでしょう？　あなたは、自分を正当化するのが上手ね。そんなことないよ。ぼくだって、自分が盗んだものを知っている。それは、何？　ねじ。ねじ？　のような何かを抜き取った。どうやって？　ぼくのツールボックスを開けて。開けて？　純朴な言葉の群れを引っ張り出し組み立てた。それを使って抜き取った後に、あなたは、別なものを埋め込んだの？　何も。そのまま？　そうです。彼女たちは、ぼくといる時、ずっと何かが足りないという感覚を持て余していた筈だ。あなたが、その足りないパーツを持っていた。そうです。彼女たちに必要だった何か。と、同時に、捨てたがっていた何か。それを失《な》くした女たちは、あなたに何を求めた？　彼女たちが信じるべきものとして、そこにいること。心から信じることの出来る人間が存在するなんて思っていたのかしら。そうではないと思います。ぼくが、人間であるべき必要もなかったように思う。どういうこと？　動物のようであれば良かったの？　それも違う。自分自身では左右出来ない絶対的なもの。それも自分にしか通用しない。そして、それ故に諦めなくてはならないもの。たとえば？　ジンクス。

それで、欺されてるんじゃないの？　と友人に言われて、きみは何と返したの？　そうではないと、はっきり言いました。彼女、鼻白んでいたみたいでした。私が、彼と上手《うま》く行くという事実に値しない女だと感じていたのでしょう。私が、彼に過剰なものをもらっていると思ったのかもしれない。お金でつじつまを合わせなくてはならない程のものを。で、彼に渡した金は、それに見合っていたの？　お金のことは関係ないわ。あるだろう。現にきみは多額の預金を彼のために引き出した。それは、欺されたからそうしたんじゃないわ。結婚という言葉で、心を許したんじゃないのか。心を許した訳じゃないのです。でも、結婚という言葉に、お金を支払ったのかもしれない。したかったんだろう？　結婚。したかった？　いいえ。私は、結婚という言葉が出て来る状況が愉快だったのです。彼の口から、その言葉が出た時、私は、ものを言う時に助走が必要なこともあるのを知りました。でも、彼は、はずみを付けて言った訳ではないだろう？　実際、本当に結婚する気などなかったのだから。だから、愉快なのよ。その時、彼の唇は、少し震えていました。本気で言っているかどうかなど、どうでも良かったのです。無防備な様子で私を誉める時には、そんなふうにはならなかった。震える唇には意志が宿っているように見えました。私がそうさせたのだと思った時、体じゅうに嫌悪感が走りました。嫌悪感？　本当に？　ええ。それなのに、少したって、恍惚としている自分に気付いて、ひどく驚きました。両方を同時に味わったの？　少し時間差はありましたけど。強姦されて気分が良くなる女なんている筈もないけど、その時は、そんな気持でした。俗なポルノみたいだな。そう、言葉の中では、それに似た世界が出来上がるのだと思いました。結婚という言葉は確かにエクスタシーを作り上げるわ。それが抽象的なイメージのままであるなら、ということですけど。したいとも思わなかったのにかい？　結婚なんて考えたこともなかったから余計にそう思ったのかもしれません。それを夢見ている女たちを馬鹿にしていた？　そうじゃないわ。でも、その言葉自体、私と世間的なものを隔てていました。会社の女の子たちの話を聞いていると、そのことが余程の重大事のようなので驚きました。結婚って、永遠に手垢にまみれない事柄なんでしょうか。きみの生活においてだって、新鮮な言葉のひとつだったのでは？　新鮮？　むしろ、物珍しい異物だったと思うわ。彼だって、きみの中に入って来た物珍しい異物だったんでしょう？　そう。やっと慣れたと思ったら、それですもの。私は、彼に真剣さなど求めてはいなかった。私にだって、ハプニングはあるという、そのことを楽しみ尽くしていたのです。それなのに、彼は、結婚という言葉で、私をつまずかせた。結婚こそハプニングなのでは？　日常が入り込むわ。きみの日常生活は、ひとりきりで成り立っていなくてはならなかった？　ええ、毎日は、しんとしていなくては。それなのに、その時、日常生活の欠片《かけら》が彼の言葉にくるまれたように思いました。どんなふうに？　虫歯に甘いものが詰められたような。おかしいね。言葉は耳で聞くものなのに。ええ、確かに。舌で甘さを味わっているのに歯は痛むという。私の耳は口になってしまったんでしょうか。そういう錯覚も稀《まれ》にあるのかもしれないね。彼の口は、きみの耳を作り替えた？　そうね、あの人の口は、私の体の色々な部分を絶えず作り替えていたような気がします。技術を持っていたんだね。そうかもしれませんね。あれは、演技ではなく技術だったのかもしれない。私は、甘い言葉で結婚詐欺に遭った被害者とは、今でも自分のことを思っていません。私は、ねじを締められ、緩められ、取り違えた部品を交換され、油を差されたに過ぎなかったのかもしれません。甘くるまれながらも痛みを伴ったのは、その結果？　甘いって滑らかな味じゃありませんか。私は、滑らかに整備されて来たのに、彼は、結婚という言葉を使うことによって、それを完成させなかったのです。普通は、それによって、何かが完成されると思うのに。そういう女は、お金なんて使わないと思うわ。結婚という言葉を取り除くために金を使ったとでも？　ええ。私は、彼の唇をこじ開けてその言葉を殺したかったくらい。でも、あなたがして。あなたが自分で殺して。その依頼のために、私は、私自身のお金を使い果たしたのです。結婚の何がそんなにも、きみを必死にさせたの？　それを望む彼は、あまりにも、いたいけに見えた。いとおしいじゃないか。いとおしいって感じることとって、見下すことに似ていませんか？　そうしたくなかったんだね。ええ。でも、それが、その男の技術だった。そうだったと思います。彼は、自分を見下させることにおいて、最高の調教師だったんだと思うわ。快感を覚えた？　はい。結婚したい男を目の前においた結婚したくない自分。その場面に巡り合ってしまったという感じがしたんです。運命を感じた？　そう、運命って、ものすごく気持いい。

ぼくは、結婚という言葉で変えられた流れを金で堰《せ》き止めて完結させる、ひとつひとつの物語に夢中だった。つまり、お金を得ることが、最終目的ではなかったと？　もちろん、金を手にするまでは、ひとりの女との関係を止める気はなかった。お金のために、でしょ？　そうです。何のためのお金？　借金？　資金？　豪勢な暮らし？　あなたを見ていると、どれも当てはまらないような気がする。苦しさも、野心も貪欲さも見当たらない。ありがとうと礼を言うべきなのか、見くびられているのを怒るべきなのかは解りませんが、ぼくは、ただ、役目を果たして来ただけのように思うのです。どんな？　たとえば、それだけでは何の意味も持たないものを、有効な形に変えること。漆喰《しっくい》は塗らなくては壁にならないし、鉄は展性、延性に富んでいても、打たなくては何の用途も持ち得ない。あなたは、女は女であるだけでは何の意味も持たないと？　ぼくは、女の人たちについて語っている訳ではないのです。関係の曖昧さに関してなのです。恋愛関係という言葉がある。でも、それについて、明確に説明出来る人なんていますか？　自分が恋人と結んでいる関係と、他人が恋人と結んでいる関係の共通点に恋愛という言葉を当てはめるとしても、それを確認出来る人などいないと、ぼくは思うのです。共通項は、いつだって解り易く人の目にさらされているべきだ。それが、あなたにとっては、お金という形？　そうです。あなたは、自分の唇を開けて、女の気持から、現金を紡《つむ》ぎ出したと言うの？　ぼくの唇は、いつだって彼女たちの目の前にあった。ぼくは、何も隠してはいなかったのです。彼女たちには、すべて見えていたという訳ね？　ええ、どのように唇を開け、歯を見せ、舌を震わせ、言葉をこぼして行ったかという一部始終を。あの人たちは、自分と目の前の男との関係が、他にないただひとつの形を持って姿を現わして来るのをながめていた筈です。だから、自分のしたことは肯定されるべきだと言うのね？　肯定も否定もないと思うのです。だって、彼女たちが、ぼくに対して本当は何を感じていたかなど、誰にも解らないじゃありませんか？　人の心なんて解らない、というのは確かよね。ぼくに、結婚詐欺師という呼び名を与えるのは結構ですが、それは共通点をつまみ上げているに過ぎない。恋愛の例で同じことをするように。あなたは、関わって来た女たちのひとりにでも真剣になったことはある？　解りません。でも、いつだって、ぼくは、彼女たちと関わっている最中に休息が欲しいと思い続けていた。ですから、真剣だったのかもしれません。常に。だけど、それは、女そのものに対してではないわね？　違います。ぼく自身を費やすことに真剣だったような気がします。このまま、本当に結婚してもいいなと思ったことは？　彼女たちは、誰もそんなことは望んでいなかったように思うな。あなたのことを聞いているのよ。ぼくですか？　さあ、どちらでも良かったのかもしれませんね。結婚という言葉をいよいよ口にする時、ぼくは、賭け事に一歩足を踏み入れたような気持になったものです。負けたら、していたんでしょうね。普通、結婚と言ったら勝利のイメージがあるけれども？　ぼくは違う、と同時に、ぼくの選んだ女たちも違っていたということでしょう。ぼくとその相手は、常に負のカードを捜している二人組だった訳です。だからと言って、皆、あなたのしたことを納得したとは思えないけど？　それは、そうでしょう。たぶん、すごく怒っている筈だ。結婚の提案への返事をするまでの時間が、もっと長く欲しかった、と思っているに違いありません。あるいは、永遠に返事を引き延ばしたかったかもしれない。断わるまでの時間を彼女たちが求めていたと？　そこまでの未来のために金を払ったんだと思います。負のカードを見せる瞬間のための前渡し金。訴えられたらどうするつもり？　結婚しますすよ。ぼくの負けですから。でも、そうしたら、彼女たちも負けたことになるわね。それを知っているから、ぼくは安心していられるのです。女を欺すのって楽しい？　疲れますよ。だって、結果的には欺したということにはなるのでしょうけれど、その最中に成功を予測してはならないのですから。欺そうとしてする行為は失敗するということ？　言ったじゃありませんか、ぼくは、無欲のための演技者になったと。いつ終わりにするの？

それとも、もうおしまいにしたのかしら。いいえ、まだ。ぼくは、まだ使える。そうね、あなたの唇は少し歪んでいて、理想的な惨めさを残している。手入れの賜物《たまもの》でしょうか。唇を開いてみてくれない？　いいですよ。ただし御自分のお力でどうぞ。

その男が、結局は誠実ではなかったということは、きみを傷付けたのだろう？　ええ。傷付いたのは確かです。でも、彼は、誠実だったわ。金だけを手にして結婚しないで消えたのに？　誠実だから結婚するんでしょうか。ずっと側にいるから誠実だと言えるんでしょうか。少なくとも、私の視界の中にいた彼は、私自身よりも、私に対して誠実だったと思います。夢中になっているように見えた？　はい。でも、演技だった訳だね。そうですね。それなのに、誠実なの？　だって、夢中になるより、夢中になったという演技をする方が、はるかに大変だと思うわ。その最中は、演技に気付いていた？　いいえ。気付く程、下手《へた》な演技であったなら、私は、お金を用立てたりなどそもそもしなかったし、したとしても、今頃、訴えていたと思います。恋愛中に夢を見せてくれたということ？　夢？　まさか。恋の夢は、陳腐かね？　そうは思いませんけど、私が大好きだったのは、夢のような恋の空間ではなく、自分の目の前で陳腐になってくれる男だったのです。それが、演技だったかどうかなんて、今となっては関係のないことだわ。彼は、私のために、プライドを失くしているように見えた。それだけで充分なのです。きみは、その様子を見て、満足感を覚えていたの？　ええ。と、同時に、傷付いてもいました。先程、私が傷付けられたかと聞かれて頷いたのは、彼の誠実さとは関係がないのです。満足したから傷付いたの？　それとも、傷付いたことに満足したの？　両方です。それが入れ替わることもたびたびでした。傷付く意味が良く解らないな。加害者になっていると感じたからです。そうあることが、満足でもあり、傷でもあったということ？　そうです。その感覚が深ければ深い程、私は、彼を好きだと感じたのです。笑いと悲しみが、互いを引き立て合って順番に襲いかかるという気がしました。そんなふうに、きみに思わせた人間は誰ひとりとしていなかったんだね？　最初に言ったように、私は、他人によって感情を乱されるのが嫌いでしたから。きみ自身はどうなの？　彼の前でプライドを失くしていた？　ええ。でも、私も演技をしていたように思うのです。演技？　どんな？　傍観者であるためのです。成功していたと思う？　たぶん。本当は良く解りません。彼の方が、演技者として優れていた訳だし、才能ある演技者は、下手な役者の欠点なんてお見通しでしょう？　あえて下手な役者を演じてみせたということは？　……そんな才能ないわ。きみは実のところプライドを失くしていて、彼も、きみの前でプライドを失くしたように見えた。両方が一度にプライドを失くすのって、どんなふうなんだろう？　お互いに負けを認めているという空気が漂うのです。すると、どう感じるの？　つらい？　いいえ。敗北感は心地良いわ。それを味わうのが、自分ひとりでない場合ですけど。その時、何を共有していると思った？　諦め。諦めの果てに結婚を申し込まれたんだね？　不思議に思われるかもしれないけど、二人でそうしていたら、諦めにはずみが付いたような気がしたのです。諦めるって、そこにとどまるってことではないのかい？　いいえ、少なくとも、彼には勢いが付いていたし、私は、そこに引きずり込まれたような気がしました。彼が、もし結婚という言葉を口にしなかったら、きみは、どうしていただろう。もっと、ひどいことになっていたんじゃないかしら。傍観者だなんて言っていられなかったと思うわ。結婚という言葉はきみを立ち止まらせた。そうです。その瞬間から、私は、たったひとりで諦めることを覚えて行ったのです。どうだった？　最高だったわ。恋愛の本当の楽しみは、ここから始まるんじゃないかと思った程です。それは、どういう種類の楽しさなの？　関係の終局のイニシアチブは自分が握っているという優越感です。ところが、本当は、彼が握っていたんだね。そうですけど、権利をゆずってあげたのだと思うことも出来ます。それで我慢出来るの？　今は、まだ。でも、その内。彼が憎い？　はい。どうしてやりたい？　たとえば、雑誌なんかに写真が載っている時、顔を出したりしちゃいけない人物の両目に黒い線を入れるじゃないですか。私の中に残っている彼の残像のすべてに同じことをしたいわ。ただし唇に。そんなにも、唇は彼の印象を決めていたの？　ええ。女を欺すには充分？　信じさせるには。と、言うより、信じたいと思わせるのには。ひと言で描写すると？　あどけなくて、狡猾。矛盾してるね。男の人の体で、一番心魅かれるのは、矛盾している部分でしょう？　彼の言葉の中で、一番好きだったものは？　結婚しよう。

マグネット

体には、誰でも性的な匂いが、まとわり付いている。美しくても、醜くても、同じことだ。否定出来ない。しかし、そのことを意識させるか、させないかで、人の風情は変わる。さらに言えば、それを有効と思うか否かで、他人のために立ち止まる回数が変わる。他人が自分のために立ち止まる回数も。たとえば、男を性的対象に選んだ女は、いったいいくつの時に、初めてのその感覚を学ぶのだろう。私は、十歳の時には、もう知っていたような気がする。ただし、言葉で表わせたのは、ずい分と後になってからのことだ。あるフランス小説の中で、コケットという言葉に出会った時に、そんなものは、子供の頃に体得していると思った。三島由紀夫の作品の女主人公は、学ぶ時期が遅過ぎるから自滅するのだ、などと感じた。高校生の時のことだ。大人になった今は、むしろ知らぬ振りをする方が、洗練という嘘をまとった甘い悪事の楽しみを引き立てるのだと、ほくそ笑むことを覚えた。それでも、私は、時々、思い出す。もしも、恋愛が真剣な遊びなら、二十年前に、私と彼がしていたことは何だったのだろう。私たちは真剣に遊んでいた筈だ。ただし、公園のベンチやハンバーガーショップのテーブルの側でではない。私たちの遊び場は、社会科資料室のデスクの上だった。

会社帰りに、原宿のカフェで、女友達の仁美を待っていると、しばらくたって、彼女は、雑誌片手に走って来た。息を切らせている。

「どうしたの？　慌てちゃって」

「由美子、ちょっとこれ見てよ」

仁美は、テーブルに着くなり、手にしていた写真雑誌を開いた。大写しにされた初老の男の顔を認めて、私は息を呑んだ。

「由美子、これ山本だよね。私たちの中学の先生だった……覚えてるでしょ？」

「うん」

「女子生徒に強制猥褻《わいせつ》かあ。あいつ、二十年たっても同じことやってたんだ。最低だと思わない？」

「そうだね」

「私たちが卒業する頃には噂になってたじゃない？　女子に嫌《いや》らしいことするって。誰か、校長先生に言いに行ったのに、全然、とりあってもらえなかったのよ。山本先生は優しいからもてるんだろうとか言われちゃってさ。本当、学校って隠すの上手いんだから。でもさ、山本って、私たちが入学した当時は、そんなんじゃなかったじゃない？　女の子たちに人気あったし。何が彼をロリコンのすけべおやじに変えたのかなあ。由美子、聞いてる？」

「聞いてるよ」

雑誌に視線を落としたままの私の顔を覗き込んで仁美が尋ねた。

「由美子も、何かされた？」

私は、首を横に振った。

「そう？　ずい分、真剣に山本の写真見てるじゃない？」

「うーん、あの頃の山本先生って、今の私たちや俊介なんかと同じくらいの年齢だったんだなあって思って、何か不思議で」

「一緒にしないでよ。俊介くん、めちゃめちゃいい男じゃない。結婚しないの？　早くしとかないと盗《と》られちゃうよ」

「盗られるような結びつきじゃないもん」

「すごい自信。でも、昔から、由美子って、男に自分を追いかけさせるタイプだよね。羨しい。私なんて、いつも追いかけて振られてる」

私は、エスプレッソを啜る仁美の顔を、まじまじと見た。性格の良い気のおけない友達だ。

人をくつろがせる。顔も綺麗だ。でも、何故だろう、私には解る。彼女は、たぶん、男の気をそそらない。体の奥底にあるずれた瓶の蓋の隙間から流れ出るものの存在を知らない。そこから香るものは、皮膚の内側にひっそりと塗られ、特定の男によって抽出される。外側に塗られ、万人の鼻を刺激する香水など、それに比べれば健康的過ぎる。

「あーあ、三十過ぎても独身のままだし、由美子みたいに彼氏がいる訳でもないし、誰か何とかしてって感じ」

あの時、山本は、確か三十五歳だった。結婚していたはずだ。社会科の授業を受け持っていた。世界史の日本史の政治経済の一番初歩の用語を、彼は、私たちの耳に注ぎ込んだ。けれど、私の記憶に残っているのは、地理の授業だけだったような気がする。私は、いつも地図帳を開いてぼんやりしていた。国の名前は素敵だ、と思った。知らない国の名前は、人の名前よりも、はるかに記号に近い。それらが並んでいると、まるで風変わりな紋様のように見える。盛り上がりのない山、流れない川、波の打ち寄せない海。神様の創《つく》った世界は、こんなにも小さくされ、命も奪われてしまっている。人間って、おもしろいことをする。私は、地図帳を開くたびに、そんなことを思った。なんだか馬鹿みたい。私は、社会科に限らず、授業に集中することの出来ない生徒だった。かと言って、部活動を心待ちにするような学校生活を送ることもなく、当たり障りのない友達に囲まれながら、どこにも属さずに、毎日を過ごしていた。十三歳だった。今、思うとおかしくなる。何故、あんなにも退屈していたのだろう。サガンの小説などを読み始めたせいで、退屈出来る自分を得意に思っていたのかもしれない。

私は、毎日、放課後を図書室で過ごした。窓から、バスケットボールコートが見えた。背の高い男子部員が、走り回って練習していた。かごにボールを入れるのに、あんなに必死になっている。そう思うと、なんだか、彼らが可愛らしく見えた。三年生のキャプテンのファンらしい女子生徒たちが、コートの外で、彼に声援を送っていた。どこが良いのかしら。私は思った。自分のものにならないのに。私は、上級生の男子生徒に憧れて騒いでいる女の子たちが嫌いだった。いつも、グループ行動。ひとりの男の子がつないでくれる手は、二つしかないのに。私は、その時、既に、恋は体と重要な関わりを持っていると思っていた。初恋は、とうに経験していた。英会話教室の帰りに、相手の男の子と手をつないで歩いた。つながれた手だけが汗をかいていた。スナック菓子を食べさせ合った。ポテトチップスの塩気が、まったく感じられず、舌が麻痺《まひ》したのだと思った。それまで、男の子に対して感じて来たのと、まったく違うものが生まれている。私は、重大なことを発見したような気分だった。異性によって、体の一部が変化すること。そこには、心の一部も重なっている。私は、数学の授業で習った集合の図を思い出した。二つの円の重なった部分。そこは、いつも濃度が高い。

なんだ、数学って、なかなか不良っぽいじゃないか。三年生のキャプテンに対して、○○先輩、素敵などと叫んでいるコート脇の女子生徒にも実は、その集合体が透けて見える。でも、彼女たちは、そんな存在には、はなから気付いちゃいないのだ。

それは、図書室から外をながめるのにも飽きて、部厚い画集を適当に選び、開いた時のことだ。見開き一面に、異様な絵があった。怒っているのか、悲しんでいるのか、笑っているのか判別の出来ない抽象画だった。たぶん、そのどれもなのだろう。あまりにも激し過ぎるその印象が、スタイリッシュにすら思えた。私は、しばらくの間、その絵を見詰めていた。

「ピカソが好きなの？」

我に返って、顔を上げると、いつのまにか山本が側に立って、私の前の画集を覗き込んでいた。

「ピカソっていうんですか？　これ描いた人」

「そうだよ。知らないで見てたの？　この絵はゲルニカっていうんだ」

そう言って、彼は、私の横に腰を降ろした。そして、画集のページをめくりながら、絵の説明をした。私は、熱心に語る彼の横顔を時折、盗み見た。眼鏡のレンズに、夕方の陽ざしが反射して眩《まぶ》しかった。「青の時代」と、彼は言った。額にかかる前髪が、西日に透けて金色に見える。私のピカソから「青の時代」は抜け落ちた。

「どこの国の人なんですか？　この人」

彼は、唐突な質問に、不意をつかれたような表情を浮かべて、言った。

「スペイン」

頭の中の地図帳から、突然、国の名前が立ち上がる。スペインは、こういう画家をうみ落としたのか。


仁美と食事をして帰宅すると、俊介が来ていた。会いたくなった時に、互いの部屋の合鍵を使うという関係を続けて二年がたとうとしている。アポイントメントなしで会える安心感をくれと言い出したのは彼の方だ。

「なんだ、来るのなら連絡してくれれば、もっと早く帰って来たのに」

俊介は、読んでいた本から顔を上げて笑った。

「早く帰れなんて言ったら、絶対に帰って来ないくせに」

「まあね」

私は、ソファに腰を降ろしている彼を抱き寄せて口づけた。私の息がかかると、彼の唇は、いつも私を捜してうろうろする。合鍵が決して物慣れた雰囲気を作り出さない、稀な男だ。

「ねえ、俊介って、法律に詳しい？」

「聞くなよ、弁護士にそんなこと」

「たとえばよ、中学生の女の子に先生が乱暴してさ、逮捕された場合、どのくらいの実刑なの？」

「それ、暴行？　それとも強制猥褻？」

「後の方」

「一応、六カ月以上、七年以下の懲役ってことにはなってるけど、だいたい示談だぜ。親告罪だもん。学校側で隠しちゃうだろ。でも、由美子、なんで、あ、解った、写真雑誌に出てた教師のことだろ。あれは、最悪。被害者多数だし」

「あれ、私の中学の先生だったんだよ」

「へえ。まさか、由美子も何かされたんじゃないだろうな」

俊介は、冗談めかしたように、おどけた口ぶりで尋ねた。私は、呆れたように肩をすくめた。された？　まさか。私が、男に対して受身だったことなど一度もない。十三歳の少女だった時もだ。

「あの先生、私たちの授業を受け持ってた時、今の俊介と同じ年だったのよ。ねえ、あなた少女に対して性的なものを感じたことある？」

「全然」

　そう言って、彼は、私を柔かく押し倒した。

「でも、少女時代の由美子になら感じたかもな。結局、ぼくの中にあるのって、子供か大人かっていう選択肢じゃなくて、由美子か他の女かってことなんだから」

「泣かせる台詞」

「本当に泣いてくれよ」

　溜息を組み立てて彼が言った。彼の体は、いつも、私に向かって倒れかかる。私を抱くのが好きでたまらないみたいだ。由美子か他の女かってことなんだから。そんな言葉を聞くと、本当に泣けて来る。自分を特別と思わせてくれる男は、いとおしい。あの先生だって言っていたのに。由美子、きみは、他の生徒と違う。特別なんだよ、と。

「ねえ、俊介、私と寝るの、そんなに好き？」

「大好き」

「どうして？」

　俊介は、困ったように私を見た。どうして、こんなに、無防備な表情を浮かべるのだろう。隙のない通勤の時の様子を考えると嘘みたい。でも、いつも、私に会う時は崩れている。社会とつながる何かが、水に溶けてどこかに流れてしまうという感じで、後には、素朴な幸福に、しっぽを振る男が残る。彼の理性の扉を開ける鍵を私は持っている。開けられたそこから、理性は早足で逃げて行く。それは、部屋の合鍵などとは比べものにならないくらい役に立つ。私は、自分の手を使わないで、彼のタイのナットを緩めさせることが出来る。シャツのボタンを外させることも出来る。社会科資料室に鍵をかけたのは彼だ。そして、私が、そうさせた。

山本が、いつも放課後に、資料室で、翌日の授業の準備をしているのを、私は知っていた。用事もないのに、なるべくその部屋の前を通りかかるようにして、私は偶然、彼に出会う機会を待った。教師に憧れる女生徒という役を自分に与えようと思いつき、笑い出しそうだった。憧れという言葉の意味が、今でも、私には解らない。私は、ただ彼の姿が見たいと思った。そして、彼に、自分を見てもらいたいと願った。不特定多数の生徒に視線を泳がす授業中のように、ではなく。

そして、その時が来た。山本が、資料室から出ようとして、私に目を止めた。私は、礼儀正しく目礼して彼を見上げた。

「あれ？　きみ、まだ残ってたの？」

私は、扉の間から資料室の中を覗き込んだ。

「何か用事？」

「見学しても良いですか？」

　山本は、頷いて、私を促した。狭い部屋に資料が乱雑に置かれていた。唯一、整然としている書棚からは埃の匂いが漂っている。片隅に置かれたデスクの上の地球儀を回しながら、私は、窓の外を見た。

「ここからも、外、見えるんですね。外からじゃ、こんな部屋あるの全然、解らないのに」

「どうして、こんなとこ見学したかったの？　そんなに、社会の授業が好きなようには見えなかったけど」

　私は、振り返って彼を見た。怪訝そうな色を瞳に浮かべている。

「私、先生に、ひいきされたいんです」

「えっ？　何？　何？」

「えこひいき」

　彼は、私が何を言っているのか咄嗟《とっさ》に理解出来ない様子だった。この人、困っている、と私は思った。彼は、ただ立ち尽くしているだけで、それは、私の気に入った。笑い出したりしたら、きっと、彼を憎んだことだろう。

「清水由美子さん、だったね。コーヒーでも飲みますか？」

「いただきます。でも、先生、由美子って呼び捨てにしてもいいよ」

「そうなの？」

「その方が、ひいきされてるって感じあるもの」

彼は苦笑しながら、電気ポットを点《つ》け、インスタントコーヒーと砂糖をカップに入れた。ミルクを使わないんだ、この人、と私は心の中で呟きながら、彼の手許を見詰めていた。

「ピカソが、スペインの画家だってこと知って良かったです」

「でも、フランスが育てたんだよ」

「へえ。国って、色々なことが出来るんですね。人みたい」

「人が国を作っているんだからね」

彼は、私に、コーヒーカップを手渡した。苦くて甘い味が口の中に広がる。

「私、本当のこと言うと、コーヒー飲んだの初めてです。父が大好きなんだけど、子供は、駄目だって」

「そう。それじゃ、お父さんに叱られるな」

「かもしれない。だから、このこと秘密にしましょうよ」

「秘密もひいきの一部なの？」

私は、微笑しながら彼を見た。彼は、眼鏡を外してハンカチーフでレンズを拭った。私は、彼に印象を与えた。それが解った。何故なら、湯気でレンズがくもる程、コーヒーは熱くはなかったからだ。

「欲望って反射するじゃない？　ぼくが、由美子を大好きなのは、そういうこと」

俊介の瞳って思慮深い、と私は、おかしなことを思いつく。仕事の資料に目を通している時よりも、もっと、だ。こんなことをしている最中に、思慮なんて消えてしまう筈なのに。そう言えば、動物の瞳は、思慮深く見える。何かを考えている筈などないのに。感覚を駆使する時って、そう見えるのだろうか。

「反射するってどういうこと？　俊介にしては、ずい分、抽象的な言葉を使うのね」

「悪かったな」

俊介は、はにかんだように笑った。ロマンスとは、ほど遠い堅物に思えた彼が、私と出会ってから変わって行っているような気がする。無粋な男も、それはそれで性的だとは感じるけれど、そんな男が、自分に対してだけ、露骨な欲望の視線を向ける時、私の皮膚は、虫眼鏡で集めた太陽の光で灼《や》かれているみたいになる。黒く焦げた点は、目に見えない程小さいけれど、重度の火傷。ひとりの女に集中出来るのは才能だ。私も、才能を持ちたい。だから、ひとりの男に首ったけになる。ひとりの男にだけ、火傷する程の欲望を視線に携えて、彼の肌を灼く。

「どうしてなのかは解らないけど」

俊介は、何度も、私に口づけながら囁いた。

「由美子には惹《ひ》き付けられる。それと同じように、由美子がぼくに惹き付けられているのも知っている。どうして、ぼくとおまえなのか。でも、この組み合わせが、好きだ」

二人の間には、特別に織りなされた空気が横たわる。そして、私たちは見詰め合い、そこで呼吸する。二人にだけしか取り込めない酸素。

私が、社会科の授業の時に、もうぼんやりとすることもなく、姿勢を正して前を見るようになり始めたのを認めて、山本は、明らかに、うろたえているようだった。彼は、私が、授業に熱心なのではなく、授業を教えている自分に熱心であるのを知ったのだと思う。

私は、いつも、彼を見詰めていた。彼に対して欲望を持っていたのだと思う。もちろん、十三歳の私が、この男と寝たい、などと思っていた訳ではない。私は、ただ関わるということに飢えていた。ティーチャーズ・ペットのようではない扱いを切望していた。可愛がられるだけなんて嫌だ、と思った。私は彼の特別になりたいと願った。たとえば、忘れると落ち着かないキーホルダーに付いたおまもりのように。

放課後、私は、資料室に通うようになった。彼がドアを開ける時に内側から流れて来る空気は、回数を重ねるたびに、ひそやかさを増した。ひいきしているだけの生徒を迎え入れるというには、あまりにも、ドアの音は、あたりをはばかっていた。知られたくないんだ、と私は思った。嬉しかった。今も昔も、私は、知られてはならない事柄を愛していた。

最初の頃、私たちは、コーヒーを飲みながら、他愛のない話をしていた。彼は、私が近付かないように、自分との間に、いつも距離を置いていた。けれど、そのことは、余計に、私を彼に近付けていたと思う。私の彼に対する感情は、間に漂う空気に押されて、いとも簡単に彼の許に届いたような気がした。ポンと音がするおもちゃの空気銃みたいなものだ。

ある時、コーヒーのお替わりは？　と彼が尋ねた。私は、自分でいれると言って立ち上がった。

「先生、お砂糖はいくつ？」

彼が、いつも、スプーンに二杯の砂糖を入れるのを知っていたが、私は、わざと知らない振りをした。そして、そのコーヒーに、砂糖は入れなかった。カップに口を付けた瞬間に、彼は困惑した表情を浮かべた。苦い薬を飲まされた子供みたいだった。私は、親切な気持になった。この時だ。よこしまな気持が、親切な行動を取らせることもあると学んだのは。

「はい、お砂糖」

私は、スプーンにのせた山盛りの砂糖を、彼の口許に運んだ。彼は、ぼんやりとした様子で口を開けた。スプーンを口許に差し出されると、人は誰でも口を開けるものだ。

「苦いのが嫌いな病人のためのシロップのお薬」

私は彼の口からスプーンを抜いた。唇には、溶けない砂糖が付着したままだった。私は、シュガーポットを彼に差し出して言った。

「私にも、ください」

そして、彼は、くれた。甘い、と感じた瞬間、スプーンが床に落ちる音を聞いた。彼の口づけを受けながら、私は思った。キスって何かを始めることなんだわ。

唇を離した後、彼は言った。

「もう帰りなさい」

私は、素直に従った。もう帰るのが嫌じゃない。だって、始まったのだから。私の気持は落ち着いた。まるで、引き寄せられるように降りて来た、彼の唇のことを思った。二杯目の砂糖が欲しかったのかしら。私は、その思いつきが、おかしくて笑い出した。授業中に、あの人が、大化の改新についてなんか話し始めたりしたら、どうしよう、私、こらえ切れないわ。

「仁美ちゃんと今日、何を話してたの？」

ベッドルームに私を促しながら、俊介が尋ねた。私は、飲みかけのワインのボトルと煙草を手にして従った。

「別に。たいしたことじゃないわよ。三十三で独身だってことの悲哀を聞かされてたって訳よ」

「由美子だって同じじゃないか」

「彼女には、そう見えないみたいよ。なんたって、彼氏が弁護士なんですからね」

そう言って、私は、皮肉たっぷりに笑った。

「ぼく、あの娘、苦手だなあ。前に三人で飯食った時、由美子が、ちょっと席を外したろ？　由美子が羨しいって散々言った後に、私にも、弁護士の男、紹介してよ、なんて言うんだぜ。医者の知り合いいたら、そっちでも良いから、だってさ。何なの？　あれって」

「さあ。弁護士っていう漢字の組み合わせに欲情するんじゃないの？」

私たちは、一瞬、顔を見合わせた後、吹き出した。

「色っぽくないよなあ、ああいうの。職種で男を選ぶ女っていっぱいいるけど、だいたい、たたないタイプ、これ、ぼくの発見した法則」

「いい奥様になるんじゃないの？　そういう女を好きな男も多いでしょ」

「ぼくは、もう駄目。こういう女を知っちゃったから。癖になる。由美子みたいなの」

「もし、私と別れたら、私みたいなのを捜す？」

俊介は、ベッドにあお向けに倒れて胸を押さえた。

「そんなことを言うなよお。でも、そうかもしれないなあ。で、結局、捜しても捜しても見つからないで人生投げちゃうかも。くーっ、悲しいよ。由美子さん、ぼくを捨てないで下さい」

「俊介、可愛い。大丈夫よ。こんなにエッチな弁護士って稀少価値だもの」

「エッチかなあ。そうだよなあ。ベッドに行くまで待てないんだから」

私は、横たわる俊介の脇に腰を降ろして、ワインを飲みながら、彼の髪を撫でた。あなたのこと捨てない。そして、私のことも捨てさせない。もしも別れの時が来るとしたら、それは、どちらかが、どちらかを使い切った時。相手のすべてを自分の許に引き寄せてしまったと感じた時だ。そして、私たちの間に、まだ当分、そんな思いはやって来ないだろう。大人になった今、それを来させないための術も学んでいる。私は、いつだって、彼の磁石でありたい。

十三歳の私が望んでいたのは、いったい何だったのか。ものを知った大人に、ものを忘れさせること。あるいは、大人を大人でなくすること。十三歳は、子供だと多くの人は思うことだろう。それでは、三十五歳は、はたして本当に大人なのか。年齢なんて、簡単に脱ぎ捨てられる。体の熱さに耐えかねて放り出すコートのように。そして、私は、それを拾い上げて身にまとう。やがて、自らの体が、その大きさに馴染むのを待ちわびるために。

私が、山本のお気に入りであるという噂が立つのに、さほど時間はかからなかった。私は、嫉妬混じりの女子生徒の視線を感じておかしくなった。お気に入り？　それどころじゃない、と思った。資料室で、私が彼にされていることを知ったら、あなたたちなんか死んじゃうわ。

山本は、いつも、私を資料室のデスクの上に座らせた。初めて制服の白いシャツのボタンを外した時、彼の指は震えていたと思う。毎日、外されるボタンの数は増えて行った。そうするたびに彼は深く溜息をついた。椅子に腰を降ろした彼は、私の膝に顔をうずめた。

「由美子、抵抗してくれ。そうしてくれたら、これ以上進まないで済む」

あのキスが始まりだと思っていた。でも、そうではなかった。本当に始まるのは、唇以外の場所への口づけからだ。私は、抵抗しなかった。目の前にいるのが、他の大人ではなく、彼だったからだ。自分が性の世界に足を踏み入れているという自覚はなかった。父親ではない男は、自分にこんなふうに触れるのかと驚いた。彼が犯罪者になりつつあるとは、とても思えなかった。何故なら、私の体は、どこも痛めつけられてはいなかったからだ。

彼が、私を抱き上げて、デスクの上にひろげられたままの世界地図の上に座らせたことがある。下着を通して、ひんやりとした紙の感触が伝わって来た。

「私、スペインのあたりに座ってない？」

私の言葉に、彼は低い声で笑った。

「いや、もっと上かな。フランスあたり」

「フランスに育てられてる？　まるでピカソみたい」

彼は、シャツを脱がせて、私を横たわらせた。

「先生といると、こんな紙の上でも世界旅行が出来る」

私は、男に媚《こ》びるということを知っていた訳ではない。ただ有効であるものを活用していたに過ぎない。その年齢で、異常だったとは思わない。女だったら、小さな頃から、多かれ少なかれ、男に甘く嚙みつく術を知っている。ここに行き着くのに若過ぎるとも思わなかった。動物の雌は、生まれてから数年で雄を引き寄せる。昆虫だったら数日でそれをやってのける。私は、他の人々よりも、幾分、彼らに近かっただけなのだ。人間の習性から離れれば離れる程、人は、罪という言葉を与えたがるものだ。その証明のために罰という具体性を進呈する。しかし、罪と罰が等価値であることなど、本当にあっただろうか。何の判断力をも持たない子供。人は、私をそう呼んだだろう。けれども、私は、そうされても良い男を選ぶことだけは知っていた。口づけされても良い。抱き締められても良い。服を脱がされて冷たい世界地図に体を横たえることも。理科の実験をしているかのような彼の目つき。唇で集合の輪を重ねる。息づかいが体の仕組みを教える。誉《ほ》め言葉の文法。主語なんて、ない。なくても、彼が、誰を誉めているのかが解る。男の人と二人でいる時の時間割は、すべての授業で余白を失くす。どうして、こんなことに？　と彼は呟いていた。そんなこと、私には解らない。解ったのは、人は、罪の手前ではなく、それを犯した後に自問自答をくり返すということだけだ。

髪を撫でる私の手を握り締めて、俊介は、それを自分の口に当てた。何故、好きなものに、人は唇を当てるのだろう、とふと思う。

「くつろいでるのに興奮出来るっていいな。由美子といると、いつもそんな気になれる。駆け引きなんていらない。欲しいものに対して嘘をつかない女が、ぼくは好きだ」

「くつろいでいるのに興奮？　まるで、おもちゃで遊んでる子供みたい」

私は、彼の背中に口づけた。私の匂いがする。いたいけな気がする。まるで、シャツの裾をはみ出させても平気でいる小さな男の子みたいだ。

「もう一回しようか」

「駄目」

「しよう。由美子に断わる権利なんかない」

私は笑い出した。好きな男に権利を奪われるのは心地良い。ひとりの人間のために降伏したと感じる瞬間は、心にオーガズムを与える。俊介に合鍵を渡した時に、私は、何かを甘く諦めたような気がする。

山本と共に過ごした放課後は、一年ののちに終わりを迎えた。私が、社会科資料室に行かなくなった。それだけのことだ。廊下ですれ違う際、何かを言いたげに、彼は私を見た。そのたびに、胸の奥底に嫌悪感が湧くのを自分でも不思議に思った。あんなに惹き付けられていたのに。彼は、無理強いはしなかった。資料室に、私を連れ込んだら、今度こそ叫び声を上げるであろうことを知っていたのだと思う。私は、それまで見くびっていた同級生の男の子とつき合い始めた。楽しかった。同じように、キスから、特別になった。その時に、今度は自分から、資料室に鍵をかけた。

「由美子といる世界から、当分抜け出せそうにないよ」

俊介は、そう言いながら、再び私を押し倒す。この言葉、昔も聞いた。私は、思い出そうとしながらも記憶を封印する。体の下の冷たかったシーツが体温を吸い込んで暖まる時、今でも、やはり、世界は私のものになる。

COX

真夜中を過ぎるとトイレットがバーの椅子になるような場所よ、と妹のエレインが言った。パリの地図は持ってるでしょ？　市庁舎のあたりで、ちょっと姿の良い若い男の子に尋ねればすぐに教えてくれるわ。あなただったら、大喜びで連れて行ってくれるかもしれないわよ、ウィリアム。店の名前？　C‐O‐X。コックス。

妹は、そう言い残して仕事に行った。ぼくは、夕暮れになっても、まだ抜けない酒のせいで、頭の内側をくもらせたままである。昨日、ニューヨークから到着したぼくは、パリの街を素通りして郊外にある妹のアパルトマンにやって来た。喜びにあふれた再会になる筈だったのに何故こんなことになってしまったのか。狭い屋根裏部屋。信じられない。バスタブのない家など、ぼくは見たこともない。それなのに妹は自慢した。全部自分で手を入れたのよ、シックでしょ？

何よりも、ぼくを啞然とさせたのは、あの彼女の長い金髪、誰もがうっとりと見詰めずにはいられなかったあの輝く髪が坊主頭すれすれの短さに切られていたことだ。ぼくは、抱擁するのを渇望していたあの甘くて小さな生き物を失ってしまったのを瞬時に悟った。煙草をひっきりなしに吸いながら投げやりに喋り続ける彼女は、アッパーイーストで大切に守られて来た宝石では、もう既になかった。

「どうしたっていうんだ」

「何が？」

「何もかもだよ。その髪、その服、いつから海兵隊員になったんだ。このアパートメントは、どういうことなんだ。煙草はいつから吸ってる。まさか、ちゃんと学校には通ってるんだろうな」

妹は、短くなった煙草を古びた花瓶に投げ込んだ。じゅっと火の消える音がした。

「止めたわ」

ぼくは、すっかり力が抜けてしまい、ベッドに腰を降ろして頭を抱えた。何ということだ、と思った。ぼくは、今、生まれて初めての姿勢をとっている。しかも、自分以外の人間のために。

「何故なんだ」

「学校のこと？　外国人向けの語学のクラスなんて、ちっとも役に立たないわ。なまりのある英語が上達するだけよ。まあ、もともと私もニューヨークなまりな訳だけど」

ぼくは、言葉が見つからず、ただ両親に何と説明をするべきかを考えていた。彼らは、今頃、呑気な兄妹が買い物袋を抱えてシャンゼリゼを散歩している光景を思い浮かべている筈なのだ。

「ウィリアム」妹が、ぼくの足許に跪《ひざまず》いた。そして、労《いたわ》るように背中を撫でて言った。「あなたのお気持、察するわ」

ぼくが手を振り払うと、彼女は、げらげら笑った。

「安心して、愛するお兄さん。私は、まだ処女よ」

「嘘をつくな」

「ほんとよ。私は、今、重大な秘密を打ち明けているのよ。ニューヨークで育った二十二年間、私のあそこにはタンパックスしか遊びに来なかったのよ」

ぼくは、思わず顔を上げた。

「真面目に言ってるの？」

「死ぬ程真面目《デーッドシーリアス》!!」

「パリで男に出会わなかったのか」

「出会ったわよ。すご一く素敵な人たち。良くしてもらってるわ。でもそれだけ」

妹は、テーブルに置かれたクーラーからシャンペンの瓶を持ち上げた。一応、兄を迎える気にはなっていたらしい。彼女の手から、瓶を受け取り、ぼくはコルクを抜いた。力ない乾杯の後で、グラスを口に付けながら彼女は、恥し気に言った。

「会いたかったのよ。ほんとよ。今日、お休み取ったんだもの」

いとおしい気持がこみ上げて来た。にもかかわらず、ぼくは、目の前の女が妹だとは、どうしても認識出来ずに混乱していた。迷彩柄のミリタリーパンツにTシャツの女を、ぼくは、素直に抱き締めることが出来ない。

しばらくして眠り込んでしまった妹の横で、ぼくは酒を飲み続けた。空港で買ったウィスキーの封を切りながら考えた。いったい、彼女に何が起こったのか。大学卒業間際に、パリで語学と美術を学びたいと彼女が言い出した時、両親は心配しながらも快くその提案を受け入れたものだ。向学心程、親を安心させるものはない。それが裕福な生活に支えられているのでありさえすれば。妹は充分過ぎる程の額を送金されていた筈だ。多少破目を外すくらいなら、ぼくも笑って両親に報告出来たのに。あなたたちの小さなエレインは少しばかりパリ風に変身していたよ、と。それなのに、自分で塗ったというペンキのはみ出したみすぼらしい部屋ときたらどうだ。アンティークとはとても呼べない古道具のような家具たち。陽の当たらない窓のくもりガラス。のみの市で手に入れたのだと誇らし気に見せた食器類。コーヒーテーブルには、フランス語の辞書とペーパーバックスが積み上げられている。ぼくは溜息をついた。彼女は、決して破目を外していないのだ。

ぼくは、どうにか宿酔《ふつかよ》いから立ち直り、地図を片手にパリの街に出た。夏にはまだ早いというのに夜の九時になっても日が暮れない。コンコルド広場近くのカフェで軽い食事をとり、観光客らしくボージュ広場を散歩して時間をつぶした。友人を紹介するからなるべく遅く来て、と妹に言われたのだ。王妃の館と呼ばれる高級ホテルを通りかかり、どこか宿を予約しなくてはならないと思った。アルフォールの妹の部屋の寝椅子のせいで背中が痛んだ。

妹に言われた通り、市庁舎の裏道で、品の良い老人に、ＣＯＸの場所を尋ねた。彼は、ぼくの顔をまじまじと見て、無言で首を横に振り、そのまま立ち去ってしまった。次に学生風の若い男に声をかけて尋ねた。彼は、笑って頷いたが英語が出来ないようだった。そこで待っていろ、という仕草をして道の反対側のカフェに駆け込んで、知り合いらしき男を連れて来た。その男は、妹と同じような格好をしていた。体に張り付いたＴシャツに迷彩柄のパンツ。刈り上げた髪は、まさに海兵隊員のように見えた。学生風の男は、彼の頰に口づけると足早に立ち去った。後には、ぼくたち二人が残された。

「ＣＯＸなら、ぼくも行こうとしてたから連れて行ってあげるよ。その代わりビールを御馳走してくれない？」

男は流暢《りゅうちょう》な英語で言った。仕方なく、ぼくは頷き、その店で妹が働いているのだと伝えた。

へえ、と彼は驚いた表情を浮かべて、ぼくをながめまわした。

「全然似てないね」

前は似ていたのだ、とぼくは舌打ちしたいような気分になった。少なくとも、一緒に飼い犬のジャッキーをセントラルパークで散歩させていた頃には。男は吸っていた煙草を道に投げ捨てた。ぼくは、パリという街を、その時、ほんの少し憎んだ。

その店からは人が外まであふれて酒を立ち飲みしていた。客の全員が男だった。ぼくの来る種類の店でないのが一目で解った。コックスという響きで気付くべきだった、と思った。何人かは、やはり迷彩柄のパンツをはき、髪を刈り上げていた。もちろん、海兵隊員のつどうバーと勘違いする程、ぼくは初心《うぶ》ではなかった。

案内した男は、ぼくの腕をつかみ店の中に導いた。そして、カウンターの中で忙しそうに働く妹に声をかけた。

「ルル！」

妹は顔を上げ、ぼくたちの姿を（正確に言えば、彼の顔だけを）認めて笑み崩れた。彼女は、オリビエと彼を呼び、カウンター越しに抱き付いて、両頬と唇に音を立てて口づけた。

「きみのお兄さんが、案内したお礼にビールを御馳走してくれるって言うんだ」

妹は、ぼくを一瞥した後、大きなビールのグラスをオリビエの前に置いた。彼は、ぼくにグラスを掲げてみせて、店の外に出て行った。

「あなたは何を飲むの？　ウィル」

「どういうことだ」

「何が」

妹は、グラスを洗う手を止めずに下を向いたまま言った。このやりとり、確か昨夜もしたんじゃなかったか、とぼくは思った。

「ゲイバーじゃないか」

「何か、不都合でも？」

「どうして、女のきみが、ここで働けるんだ」

「私は女じゃないからって、店主は言ってたわね」

「どうして、そんなことを言われなきゃならないんだ」

「さあ、処女だからじゃないの？」

「ふざけるな!!」

その瞬間、肩をつかまれて振り返ると、オリビエが笑っていた。

「ルルは特別なんですよ。あっちの席が空いたから座りませんか？　ええっと……」

ウィリアムよ、と妹が言った。

「ぼくウィリーって呼ばせてもらいます。ルル、ぼくとウィリーにビールね」

「ルルって、きみのことなのか、エレイン」

妹は、ぼくの問いに肩をすくめた。

「女の子っていう意味だけど、ここにいる女の子は私だけだから、皆、そう呼ぶの」

ぼくとオリビエは隅のテーブルに腰を降ろした。不本意だったが仕方なかった。英語の出来る彼から、出来るだけ情報を仕入れたかった。

「妹は、こんなとこで働くような娘じゃないんだ」

ぼくの言葉に、オリビエは笑いをこらえているようだった。

「あなたに、ルルの何が解っているんです」

「兄だぞ。パリに来てからの一年間を除いた彼女の人生のほとんどを、ぼくは一緒に過ごして来た。二人で成長して来たんだ」

「成長？」

言った途端にこらえ切れなくなったのか、オリビエは吹き出した。ひとしきり笑った後、煙草に火を点けて、ぼくを嘲《あざけ》るように見て煙を吐き出した。

「成長って、犬とか猫とか子供とかに使う言葉でしょう？ ルルは、確かに子供の頃、あなたと成長して来たかもしれないけど、その言葉はもう彼女には当てはまらないよ。大人ですよ。大人に重要なのは、成長して行くことではなく、滅んで行くことですよ」

「哲学をありがとう」

ぼくは、精一杯皮肉に聞こえるよう努力して言った。その時、妹が、ぼくたちのテーブルに、ビールとウィスキーのグラスを置いた。

「スコッチよ。ビールぐらいの酔いじゃ間に合わないでしょう。あ、オリビエ、いくらアメリカ人の男が好きでも、彼を口説《くど》かないでね。無駄だから」

そう言い残してカウンターに戻って行く妹の後ろ姿を見ながら、オリビエは溜息をついた。

「可愛いなあ、ルル。女にしておくには惜しい。ウィリー、あなたのようなお兄さんがいるなんて信じられないよ」

「どういう意味だ」

「セックスの経験がないって、彼女、あなたに言いましたか?」

ぼくは、苦々しい思いで頷いた。あんな露骨な物言いをする女じゃなかったのに。それにしても、何故経験しなかったのだろう。ニューヨークで十六歳を過ぎて処女だなんて、あそこで千人の男と寝た女を捜すより難しいんじゃないだろうか。ハイスクールでデートはしていた筈だ。進歩的であるのを誇りとしていた両親は、コンドームに二つの役割があることすら教えていた筈だ。そこまで考えて、ぼくはひとつのアイデアに辿り着いた。

「オリビエ、聞きたいことがあるんだけど」

彼は、目で問いかけた。

「ぼくの妹は、その、女を愛する種類の……」

彼は呆れたように、ぼくを見詰めた。

「男好きですよ。兄なのに妹の性的嗜好《しこう》も知らないんですか？　まあ、ぼくも、田舎に戻れば家族の前で、さも嫁さんが欲しいという振りをしなくちゃならない訳だけど。ルルは、ぼくたちと同じですよ。男が好きな女ですよ」

「何故、処女なんだろう」

ぼくは、彼女が、セックスというものを良く解っているからですよ」

「それは、彼女が何を言おうとしているのか、さっぱり解らずに混乱した。

「ルルは、ぼくたちの天使であり、ペットであり、弟であり、妹でもある。ぼくにとっては親友にも等しい存在だ。皆が、この場所で彼女を愛している。悩みを打ち明け、労られ、ますます彼女を好きになる。興味本位で、ぼくたちの領域に入って来たがる女たちに対して、ぼくたちは露骨に嫌悪を表わします。そんな時こそ、ルルの存在を思い出す。そして、彼女に心から感謝する」

ぼくは、顔を両手で覆った。何か大切なものを失ったように感じたのだ。そして、何故か、慰められたようにも思った。

「ウィリー」オリビエが、手の甲で、ぼくの頬を撫でた。

「ぼくを含めたここの客の何人かは、ルルのために命を捧げても良いと思っています。たぶん、いや、確実に」

結局、文句を言いながらも、ぼくは、COXに毎日通い詰めた。妹が、万が一、不当な目に遭っていたらと思い始めるといても立ってもいられなかった。もちろん、それが杞憂《きゆう》であるのが最初の二、三日で解った。彼女は店の忙しさを充分楽しんでいるようだったし、客たちは、そこにただひとりだけいる女に、非常に親密な調子で接しながらも、踏み込み過ぎない敬意を、間にはっきりとはさんでいた。互いが互いに性的興味をぶつけ合う中、妹の周囲だけが真空状態であるかのように感じられた。妹がテーブルの間を歩き回る時、客たちは、まるで祭壇が移動しているかのような目を向けるのだった。ぼくは、納得が行かなかった。かつて、ぼくたち家族も彼女を汚れなきものとしていつくしんで来た筈だ。それなのに、彼女は、今の方がはるかに、神聖な小動物として人々の間に君臨しているのだ。

季節外れに無理矢理取った休暇だというのに、ぼくは美術館巡りをするどころか、ゲイバーに通い詰めている。今頃、マンハッタンのオフィスでコンピューターに囲まれている筈の恋人のアリシアが、この事態を知ったら何と言うだろう。きっと、こう早口でまくし立てるに違いない。問題は、ゲイバー自体じゃないのよ、ウィル。いったい、何故あなたがそこに行かなくてはならないかってことなのよ。その通りかもしれない。ニューヨークのある種の人々は、とうの昔にボヘミアンになる資格を失っているのだ。ぼくは、COXでつぶす以外の時間をいつも妹の部屋でぼんやりと過ごした。そんなぼくを見るに見かねたのか、ある日、妹が言った。

「今度のお休みは、オリビエたちとおねえちゃんビーチ《タ》に行くの。良かったら一緒にどうぞ。ビーチって言っても、セーヌ川の河辺だけどね。皆で、日光浴したりお喋りして過ごすのよ」

あまり気が進まなかった。確かにオリビエはいい奴だが、彼らのセックスに対するあまりにも直截《ちょくせつ》な表現や欲望へのあまりの忠実さに接すると困惑せざるを得ないのだ。セックスを、あんなにも日々の重要事として扱う人間たちを、ぼくは、これまで知らなかった。恋愛、ではなく、セックスを、だ。そして、重要に扱った筈のそれを彼らは、いとも簡単に破棄してしまうのだ。ただ投げやりに一夜のセックスを受け入れるのとは明らかに違う。強烈な意欲と諦めのとりこになっているように思えて来るのだ。そのはざまで、妹は、いつも凪《なぎ》のように静かに微笑している。

追い立てられるように連れて行かれたタタビーチと呼ばれる河辺には、ゲイの男たちが、思い思いの格好でくつろいでいた。ほとんどが上半身裸だった。ぼくたちの姿を認めると、オリビエが手を振った。彼は、ぼくに、連れのＪＰとティエリーを紹介した。妹は早速、Ｔシャツを脱ぎ、ビキニのトップひとつになって彼らのシートの上に座り込んだ。ぼくも彼女に従って、ジャケットをかたわらに置き腰を降ろした。

「ぼくも、ニューヨークに行ってみたいなあ」

ティエリーの言葉を妹が通訳した。彼は、アメリカに非常に興味を持っているようだった。

「でも、たぶん一生行けないんだろうなあ。田舎にも帰れないし、ぼくにはパリしかない」

妹は、フランス語で彼の言葉を遮った。そして、その後、マンハッタンのクリストファー通りについて話しているようだった。そう言えば、この河辺は、クリストファーを抜けたハドソン河沿いに良く似ている。今頃、ニューヨークのそこでも、同じような人々が陽を吸い込みながら、日々を倦《う》んでいることだろう。

話し好きのティエリーに比べて、ＪＰは無口だった。相槌《あいづち》を打つ際も手で口を覆うので、恥しがりやなのか、とぼくは妹に尋ねた。

「全然。いつもはうるさいわよ。今朝、バゲット食べてて前歯を折っちゃったんですって」

口をつぐんだままのＪＰは、自分の膝に顎をのせたまま、他人の会話には加わろうとしなかった。考えごとをしている様子は深刻そうだった。

「こうしてると、彼も哲学者に見えるでしょ？」

　オリビエが笑いながら言った。

「いつもはすごいんだ。クラブで酔っ払って、セクシーな男がいるって、いきなり駆け出して行って、壁に張られた鏡に衝突したんだから」

「あら、彼は最高《スーパーメック》の男よ」

　妹は、オリビエをこづいた後、ぼくの方に向き直った。

「JPは、ブローニュの森で男娼をしているの。すごく人気あるのよ。ゲイ雑誌の表紙にも出たんだから。一緒にクラブに行くと、私も鼻が高いのよ」

「ただのあばずれ《サロップ》でしょ。黙ってりゃ別嬪《べっぴん》なのにね」

「でも、彼を見たら誰だってものにしたくなるわよ」

　ティエリーが話に加わり、会話はフランス語に切り替えられたが、彼らがセックスに関する話題に熱中しているのは明らかだった。ぼくは、彼らに尋ねた。

「あの、どうして、そんなにもセックスの話ばかりするんだい？」

　ぼく以外の全員が顔を見合わせて黙った。ぼくは、自分のおずおずとした口調に気付いて、顔を赤らめた。何故、彼らに対して臆したりするのだろう。

「それはね」オリビエが肩をすくめた。

「たったひとつの共通項だからですよ」

「でも、もっと人には共通項って沢山あるんじゃないのか。たとえば、音楽とか、文学とか、仕事のこととか」

「音楽好きならね」

「文学好きならね」

妹とオリビエは、ぼくの言葉を茶化すように続けた。通訳されたティエリーは、わざとらしく引っくり返って笑いながら英語で言った。

「仕事を持っていればね」

彼らに笑われたことで、ぼくは自尊心を傷付けられたように感じた。守るべきものも持たずにセックスの話をして笑ってばかりいる連中に。それにしても、妹の態度ときたらどうだ。一緒になって兄をからかっている。性体験がなくて何故、彼らと共通点など持てるというのだ。

「ルルは処女だっていうのに何故だと思っているんじゃないんですか？　ウィリー」

ぼくは、心の中を見すかされてうろたえた。

「彼女は恋が人の感覚を鈍らせるのを良く知っているんです」

「彼らから教わった一番大切なことよ、ウィリアム。アメリカにいた頃、私は女友達の語る恋っていうものが大嫌いだったわ。恋って、おねだりの連続なんですもの。心と体をいかに秤《はかり》にかけるかで、皆、悩んでたわ。ううん、悩みたがっていたわ。セックスそのものを大切に扱っていなかった。いつも、そこに精神的な言いがかりを付けるのよ。最初から、セックスを精神論で汚してたわ。私は、そうしたくなかった。だから、今でも処女なのよ」

ぼくは呻《うめ》いて顔を両手で覆った。四人が、同時に、ぼくを労るように肩に触れた。その瞬間、彼らは、またもや笑い出した。

「あなたの気持は解りますよ、ウィリー」

ぼくは、そう言うオリビエの手を振りほどいた。

「ウィル、しっかりして。私は、ただ、正確さを求めてるってことなのよ。体から生まれるものを目撃したいのよ。それを待っているの。そして、いよいよ、その時が来そうなのよ」

ぼくは顔を上げて妹を見詰めた。

「どういうことだ」

「寝るのよ、今度、初めての男の人と」

相手になる筈の男は、ポルトガル移民の労働者だという。あちこちの工事現場に姿を現わすその男は、COXでは話題になっていたそうだ。誰もが彼の素姓を知りたがっていた。つまり、寝たい、と思っていたのだ。しかし、彼はフランス語が出来なかった。ある日、男を欲しがる種類か、女に体を熱くする性質なのかをどうしても知りたい、と思ったオリビエが、妹を連れて工事現場に出向いた。

「彼は、呆然とルルを見ていましたよ。そして、笑った。その白い歯を見た瞬間、ぼくは、彼の切れたヒューズを修理してやったような気分になった。同時に、ぼくたちのための美しい肉体が消えたことを悟ったんです」

「つまり」妹が恥し気に呟いた。

「彼のつながったヒューズが灯《とも》した明かりで何が見えるのか、知りたいってことなのよ」

ぼくは、無言で首を横に振った。

「邪魔をする気はないですよね、ウィリー」

邪魔をする？　それどころか、ぼくは、すぐさま妹を引き摺ってニューヨークに連れ帰りたい思いに駆られた。妹は、そんなぼくの気持など一向に意に介さないかのように、ぼんやりとした表情を浮かべて言った。

「言葉のまったく通じない相手なんて理想的だわ」

その後、ぼくを抜かした四人は、カステル・バジャックのデザインが警官の制服をくずにしただの、消防隊員のそれは可愛過ぎるだの、くだらないモードの話に興じていた。絶望的な気分だった。エレインとは、もう口もききたくなかった。

互いを無視して二日程過ぎた明け方、ぼくは、こらえ切れずに仕事から戻った妹に告げた。

「発《た》つ日までホテルを予約するつもりなんだ。その方がきみも良いだろう」

妹は、しばらくの間、ぼくを見詰めていたが、やがて窓枠に寄り掛かって泣き出した。ぼくは、慌ててしまい、近寄って彼女の肩を抱いた。

「ぼくが出て行くことで傷付けたの？」

妹は洟《はな》を啜り上げて、すまなそうな表情でぼくを見上げた。

「ごめんなさい。実は違うの」

そう言って、泣き続けた。肩を震わせる様子は、いかにも悲し気だった。ぼくの知る限り、妹は、悲しみのための泣き顔を他人に見せたことはなかった。彼女の涙は、幼い頃から我《が》を通すための手段だった。

「ティエリーが自殺したの」

ぼくは、ついこの間笑い転げていた青年の姿を思い出した。死とは、まるで無関係のように陽気にはねた黒髪の毛先や短めのフラノのパンツの裾から続く大きな踝《くるぶし》と汚れた白革のスニーカーなどが、何故か切り取られた一枚の絵の中のもののように、脳裏を行き来するのだった。

「どっちみち、彼は、ＨＩＶのキャリアで発症していたから、もういいって思ったのかもしれないわ。馬鹿な人。本当に馬鹿な人。私たちの手を煩わすなんてお断わりっていつも言ってたけど、私たちがビール一杯を御馳走するよりもしたかったのは、そのことなのに」

「病気を悲観して命を絶ったのは、きみたちのせいじゃないだろう」

「そうじゃないわ!!」

　濡れた妹の瞳の強い光に、ぼくはたじろいだ。

「病気なんて誰も悲観しちゃいないのよ。彼は恋を失ったのよ。相手は彼と階級の違う人だったわ。大学教授だった。新しい若い男を見つけてティエリーを捨てたのよ。ティエリー、二人を追いかけて、オペラ座まで行ったのよ。モントルイユののみの市で買ったぼろのサン・ローランを着て、白い靴に黒いスプレーをかけて、自分で縫ったボウタイを結んで。完璧に無視されたそうよ。何も持たないままでいれば良かったのよ。自分で塗り替えたスニーカーだなんて。そんなものを持たなきゃいけなくなるなんて」

　そう続けて、どうにか嗚咽《おえつ》を押し殺すと再びくり返した。「本当に馬鹿な人」

　ぼくは、抵抗する妹を力ずくで抱き締めた。やがて、彼女は脱力して、ぼくに身を預けた。たまには、言うことを聞かせたって良いだろう。だって、兄だもの。

「ウィル、私たちが、セックスはただひとつの共通項って言ったの覚えてる？」

　ぼくは頷いた。

「恋心を持ってしまったら、もうそれを持たなかった頃には戻れないのよ。ぼろのサン・ローランなんてティエリーには似合わない。でも、その時に必要だったのは、まさに、ぼろのサン・ローランだったのよ。他の誰にでもなく、彼にとってはね。部屋で脱ぎ捨てた時、愕然としたと思うわ。だって、ほんとにただのぼろだったんですもの」

夕方になったら、この部屋を出て行こうと思った。ここは、ぼくの居場所ではない。妹が何かを必死にそぎ落とそうとしている作業部屋なのだ。ぼくは、その何かになる前に逃げ出すべきなのだ。

「ホテルの当てはあるの?」

「サン・クロワ通りに感じの良いとこを見つけておいたから」

妹は吹き出した。

「知ってるわ。あそこの前のカフェって、ドラグ・クィーンの溜まり場よ。後で、私が電話しといてあげる。本当はね、ちょっぴりありがたいの。お休みの夜に、お兄さんを追い出すなんてことになったら、心苦しいもの」

ぼくは、その告白に驚かない自分を不思議に思った。そうか、今夜なのか。COXの神聖なペットのために仲間たちは、どのような段取りを付けたのだろう。ひとりの友人を失った後に、彼らは、新しい友人を得るというのか。

夕暮れに、ぼくは妹のアパルトマンを後にした。途中、階段の暗がりでひとりの男とすれ違った。みすぼらしい衣服に身を包んだ美しい青年だった。ぼくは、片言のポルトガル語で、挨拶の言葉をかけてみた。彼は、とまどったような笑みを浮かべて会釈《えしやく》した。微笑が引き締まった全身にいたいけさを広げて行った。途方に暮れた子供のようなたたずまいは、ぼくを見送った時の妹に良く似ていた。

アパルトマンの下で、ぼくは、暗くなるのを待たずに妹の窓に明かりが灯るのを見た。そして、足早に駅に急ぎ、地下鉄に乗り、パリの街中に出た。ホテルのチェックインをすませて部屋に入り道に面した窓を開けると、妹の言う通り、向かいのカフェで、女装の男たちが、道行く人々を品定めしていた。彼らは、ぼくの姿に気付くと、一斉に口笛を吹いて手を振った。うんざりして、ぼくは、荷物もほどかないまま外に出た。歩いていて、ＣＯＸの前を通りかかると、外のテーブルにいたＪＰが、こちらに向かって歩いて来た。彼は、早口のフランス語で話しかけた。理解出来ない。そう思った瞬間、あろうことか、ぼくは、ＪＰの胸に顔を埋めて泣き出した。ぼくだって途方に暮れる権利はあるのだ。泣きながら、そんなことを思った。いつのまにか、側に来たオリビエの慰めの言葉が聞こえた。顔を上げ、何か重要なことを言わなくては、と思った瞬間、ＪＰの歯の欠けた口が目に入った。ぼくは、思わずそれを指差して、笑った。そして、また泣いた。オリビエもＪＰも、唖然としたまま、ぼくを見ていた。ＪＰに悪いと思いつつも、彼の唇の間の暗闇を見ると収まらないのだった。泣き笑いの混乱の中で、ぼくはひとりごちた。こいつらと来たら。なんて、正確なんだ。

アイロン

この世の中で一番自由なのは、脳みそではないか、と私は思う。頭の中では、人も殺せる。盗みだって平気。人を蔑《さげす》むことも可能。どんな男とも寝られる。ただし、抱え込んだ欲望をいつでもなだめられる技術を体得していれば、のおはなし。私の場合、今のところ成功している。聞き分けのない部下の男は殴りつけるし、意地悪なお局《つぼね》には「ばばあ！」と捨て台詞を残し、いやらしい上司の股間を蹴り上げ。しかしながら、こんな自由は暗過ぎる。暗過ぎる自由を行使するのは爽快ではあるけれども、もう少しスウィートな夢も見てみたい。可愛い男の子を夢中にさせる。あっと言われるような企画をプレゼンテーションして皆に尊敬される。金持の素敵な紳士に貢《みつ》がれる。合コンでは花形になりちやほやされて、後輩の小娘たちには大人の女として慕われて。あれ。考えてみると、私の甘い夢は、いつだって受動態。そして、脳みその中の自由は、いつだって対人間。そう思うと、脳みそは物質を呼び寄せない無用の長物なの？　いいえ、それは違う。物理的な満足をあらかじめ見放した高貴な代物《しろもの》なのだ。ショウウィンドウの内側のグッチを見て欲しいと思う。でも、思っただけでは脳みそさんは、それを手に入れてはくれない。だから、ただ見詰める。すると、しまっておいた知識を私に教える。あのデザイナーは、トム・フォードだよ。ああ、そうでした。脳みそさん、ありがとう。くそ。グッチのスーツ、着たいな。そうだ、盗んでやれ。とは、ならない。清貧という言葉を思い出しながら、私は、その場を立ち去るのである。『清貧の思想』とかいうベストセラーがあったわね、などと思い出しながら。そこで、グッチに涎《よだれ》を流していたちゃらちゃらした女は、中野孝次と接点を持ち、欲望と引き替えに、ささやかなインテリジェンスを手に入れたつもりで、心の平安を得る。貧乏臭い？　いいえ、それは違う。貧乏臭いのは欲望をセーブ出来ずにそのウィンドウについて思い悩むことだ。くよくよ。そして、臭いのではなく、ただの貧乏なのは、ショウウィンドウを叩き割って本当に商品を強奪してしまうことだ。私の好みは、どちらかと言えば後者であるが、自由のために行使される暴力は暴力と呼ばずに正当防衛と呼ぶとおっしゃったマルコムXさまのような偉人ではないので、ただの非難を浴びて刑務所にぶち込まれるだけである。なーにー!?　グッチのスーツが着たかっただけだとーお!?　などと取り調べの刑事にどつかれ顰蹙《ひんしゅく》を買うだけなのである。ジャン・バルジャンの足許にも及ばない私。ああ、この国で甘やかされて育った自分が憎い。私が、万が一、あっぱれな罪を犯したとしても、取り調べの刑事さんたちに、かつ丼を御馳走される値打ちすらない。しかし、私は、ここでも考える。かつ丼みたいなもん、食いたいか？　コレステロールを貯めて肥え太るだけではないか。そう、私は、かつ丼への欲望を抑えることが出来る。脳みそさん、ありがとう。故郷のおふくろさんのことなんて持ち出されたってへっちゃらだ。あんな聞き分けのない年増を心配させるなんて、お茶の子である。冷たい女？　いいえ、それは違う。私は、故郷に見切りをつけた。望郷の念など捨ててしまった人間。ここで、私は、忌《い》まわしい演歌とやらと決別出来るのである。ああ、せいせい。私は、幼い頃から、何度、父と母を頭の中で殺害したことか。それなのに、私は殺人者ではない。頭の中の自由のおかげだ。彼らは、さっさと東京に出て行った私の代わりに年の離れた弟を猫可愛がりしているらしい。知らないぞ。彼の頭の中では、あなた方は、もう何度も殺されているかもしれない。あるいは、殴られ目も当てられない有様になっているかもしれない。でも、それは、彼の勝手。脳みそ内暴力は罰せない。神様、ありがとう。でも、あなただって、決して偉くはないよ。何故なら、人間の頭の中で創造されたに過ぎないのだから。

さて、本論は電車の中である。私が言いたいのは、かように慎しみ深い存在として人々に君臨する脳みそさんがいらっしゃるというのに、何故、朝の通勤電車内で、衝動を抑え切れずに、女の体を触ろうとする輩《やから》がいるのかということなのだ。しかも、大量。私の頭の中は、ラッシュ時、大量殺戮《さつりく》で忙しい。今だって、そうだ。尻を撫でまわす手首を切り、スカートの中の太股を探る指を詰め、胸をつかむこぶしをつぶし、息を吹きかけようと首筋に近付く頭をそれごと斬首《ざんしゅ》する。私を取り囲むすべての男たちが、スーツにタイの会社員である。TPOという言葉を知らないか。スーツを着て女の体に触れるのは、その後、それを脱ぐ覚悟のある男だけである。もっとも、この男たちが脱いでも、ちらりと見える上着のタグは「紳士服の〇〇」。おそらく。私にはどうでも良いことだ。そのどうでも良い奴らに、何故、体じゅう触られなくてはならないのか。この望郷の念すら捨てて来たハードボイルドな女が。ああ、憎い。殺す。

関係のない女が良いというのが解らない。彼らは、私を好きな訳ではないだろう。ただ、嫌われる理由もない。どうでも良いから、そうするのだ。それでは、どうでも良い女に触ることが、何故、欲望に変わるのか。嫌がる女の表情に興奮するのか、それとも快感を与えていると勘違いしているのか。どちらにせよ、私と彼らは、射精に至るまでの関わりなど持たない。ちっぽけなこと。滑稽だ。滑稽な男は趣味じゃない。だから、殺す。

会社にこういう女がいる。美しく、しとやかで男性社員の憧れの的だ。性格も良いという評判。確かに、彼女には傲慢さの欠片《かけら》もないように見受けられる。ある時、私が、電車の中で遭遇した痴漢行為に憤慨していた時も庇《かば》ってくれた。私なんか痴漢に遭ったこともないんですよ。女としての魅力に欠けているんでしょうね。だと。もちろん、まわりの男たちは、口々に言った。そんなことないよー。美人に限ってこういうことを言う。魅力ある自分を意識しているから、そう口にするのだ。それに、さも気付いていないような振りする演技力。彼女がそう言ったからといって、私に女としての魅力が備わっているということにはならない。現に、男たちは、私を労《いたわ》ったりなんかしない。それって、女としてどうかってのとは別だから、などと、彼女の方が労られている。何なんだよ。こういう女は、心づかいとやらが好きだ。それも、人の視線のある場所で、それに気付いていないような様子で、「心づかい」する。あなたって綺麗ね、と彼女に言う。すると、彼女は、こう返す。そんなことないですよお、私、全然、もてないんですう。もてるか否かまでは聞いていないのだが。それにしても、電車の痴漢行為と女としての魅力を結び付けるやり方は、男仕様だと思う。あんなすし詰め電車の中で魅力も何もあったものではないだろう。私だって、自分が、どうしても触りたくなる体を持っているなんて自惚《うぬぼ》れてはいない。彼らは、ただそこに女の肉体があるだけで良いのだ。匿名の自分が、それに触れる。女の名前を知るよりも、自分の名前を隠すことが大事。自分をアピールするボーイミーツガールとは、はなから次元が違うのだ。それなのに、止めて下さいとひとこと言おうものなら、あっと言う間に宗旨替えする。開き直って、こう言う。おまえみたいなブスに触るかよ。だって!?　許せん。ブスだ美人だと選択してするような行為か。きみにも、隙があったんだろう？　などと忠告してくれる輩《やから》もいる。しかし。夜道をキャミソールドレスで歩いていたのならともかく。隙があって性的な悪戯をされるには、文字どおり隙間が必要なのだ。性犯罪に必要なのは空間である。したがって、痴漢などというちゃちな行為には、性犯罪などというだいそれた名称など与えたくない。だから、余計に腹が立つ。それで傷付くなんて冗談じゃない。ただ、腹が立つのだ。

さて、それでは脳みそさん。私は、何故、こんなに腹立たしく感じるのでしょう。

その一、恋人でもない男から、ただで触られているから。

その二、触って来る男に、好みのタイプがひとりもいないから。

その三、触る手が汚れているから。

その四、私の承諾を得ていないから。

その五、私を好きで触っているのではないと解るから。

ふう。

綺麗な手をした私を好きでたまらない好みの男が触っても良いですかと尋ねてしかも後でお礼をしてくれたら、どうかしら。いいかも。後で恋愛に展開してくれたら、もっと良い。これは、もう痴漢行為ではないな。続けられるのを願う時、そこで行なわれる事柄は、犯罪の域から脱出する。暗黙の了解という男と女の関係の基礎を形作るというわけ。ああ、痴漢から可能性を引き出そうなんて、今日の私は、少しばかり無理してる？

物事を楽天的に考えることは、なんと難しいことなのだろう。脳みそさんの意地悪。それとも、すべてを肯定的に受け止めていたらお馬鹿さんになってしまうから、それを阻止するために、心を後ろ向きにさせるの？　そう言えば、世の中で知的ともてはやされているものは、後ろを向いている場合が多い。知性は、たいてい不機嫌だ。頭を良くする薬は、少しばかりの不幸せ？　だからと言って、毎朝の痴漢に存在価値を与えてやる程、私は物解りは良くないのである。空想の中では、あいつらを死刑にしても良いのである。

今朝ねえ、痴漢に遭っちゃったの。そう少しばかり自慢気に言った女がいた。前出の美人とは違い、こちらは不細工である。それも、ちょっとだけ不細工である。ひどい不細工は、たとえ同じ目に遭っても、こういうことを口に出さない。勝手な男の例の台詞、おまえみたいなブスに誰が触るかよ、に信憑《しんぴょう》性を与えてしまうからである。正しい姿勢である。問題は、ちょっとだけの不細工である。いったい、何を証明したいのだ。こういう女が、痴漢に肯定的要素を与えてしまうのだ。肯定し続けるってお馬鹿さんになっちゃうことだよ。でも、幸せになるってことでもあるんだな。今日も、男の方に触られちゃったわ。でも、私ってそそる女だから仕方がないの。……やっぱり、嫌だ。

という訳で、私は、毎日、少しばかり不幸せなのだ。午前中は、特にそう。些細《ささい》なことで苛々《いらいら》する。ワープロを打って変換ミスが出たりすると、頭が痛くなる。変換ミスって、さえないおやじの駄洒落にそっくりだ。機械ってやつは、本当に文化度が低い。あ、向かいの女が、また枝毛を切っている。ただでさえ、仕事が遅いというのに。さあて、この女をどうしてくれようか。などと考えていたら、仕事中ぼんやりするなと叱られた。遅いのに、だってえ⁉　何なの、はげのくせに。と、心の中で毒づいているけれども、私は、はげが嫌いな訳ではない。髪の毛が薄くたって魅力的な男は大勢いる。世の中には、良いはげと悪いはげが存在する。要するに中身の問題なんだな。時に、人間性は、はげの地位の向上を図る。ニコラス・ケイジなんか、どうしようもなく素晴しい男だと思う。実際には、ニコラス・ケイジの行状など知る由もないし、この先、関わり合うことも有り得ない訳だけど、私のイメージの中でだけ、彼は、私に夢中なのである。私を好きな人は、人間的にも素晴しい。私の内側の世界ではそういう決まりがあるのだ。ああ、ニック。あなただったら、電車の中で、私に触って来ても許してあげる。しかし、現実は厳しい。通りすがりに嫌みを言ったあれは、悪いはげだ。

　つまらない毎日を想像力で乗り切ろうとしている私の生活は不毛だろうか。それとも、豊かだろうか。私の頭の中には愛が溢れている。しかし、少しも実用的ではない。仮想現実のお楽しみに留まっているばかりだ。このままで良いのかな？　何事も実行に移さない間が一番わくわくする。小さな頃だって、遠足の当日よりも前の晩の方が楽しかった。セックスだって、するよりもするのではないかという予感の方を愛して来た。洋服は、買った直後にタグを取る時に価値を持つ。レストランの至福は、腹ぺこ状態でメニューを開く時に存在する。でも。

近頃、電車で見かけるひとりの男が気にかかっている。その人は、私と同じ車両に乗り、いつも吊り革につかまっている。他の乗客よりも、はるかに背が高いので、すぐに見つけ出すことが出来る。彼は、目下のところ、目印だ。何のかって？　朝の幸せが居場所を見つけるための。暗い色のスーツ姿の会社員に混じって、ジーンズやチノパンにシャツやセーターを合わせた彼は、まるで学生に見える。学生かも。だとしたら、ずい分と大人びた学生だ。きっと浪人してる。浪人って良い響き。言い換えれば、ただの予備校生ってことになるのかもしれないけど、彼には違う意味を与えてあげる。満員電車の中で押されているというのに、彼は、境遇を恨んでいない様子。時々、これもまた運命さ、みたいな表情を浮かべている。吊り革につかまった手首に、カシオのプロ・トレックなんか巻いちゃって。もしかしたら、アウト・ドア野郎？　うーん。野外で料理作って悦に入ってる男は好みではないけれど、彼とだったら、山に登って満天の星空をながめるというのも良いかもしれない。そして、そうなったら歌っちゃう。娘さん、よく聞けよ、山男にゃ惚れるなよ。私は、今まで娘さんなんて呼ばれたことはないし、呼ばれたいと思ったこともない。だいたい、よく聞けよって、あんた、私に命令する気？　私が誰に惚れようと私の勝手。え？　そうか。私は、電車で見かけるだけの男に惚れている？　視線を釘付け。無意識の内にそれをさせる男は、女の脳みそに皺を一本刻んでる。形状記憶っていうのかな。目を閉じても、私の心は、彼に向かって折れ曲がる。くね。娘さんの朝は、いつのまにか生まれ変わろうとしている。ほれ、しっしっ。ただで、私のけつに触るんじゃない。あんたみたいなおやじへの嫌悪を、今の私には受け入れる余地は、ない。

　惚れてる。恥しい言葉だ。今の時代、あまり使われない。それでも、嫌悪しか感じることのなかった朝の電車を極楽に変えたのはこの言葉しかない。ひと目惚れ。相手の思惑など探ることすらせずに始めた恋は、どんなに、とっぴな妄想を育《はぐく》んでも平気。彼の肩にかかりそうな髪を指で梳《す》いてあげる瞬間を思い浮かべる。柔かい。きっと髪の毛は柔かいのだろうと予測するのとは違う。私の指は、柔かいものに触れたような気になっている。今のところは、それで充分。殊勝な私。その分だけ想像の中では大胆になる。彼は骨が綺麗だ。それは、肉にくるまれ皮をかぶった形で私の視界に入っている訳だが、私には解る。手首の盛り上がりを見るだけで、彼が、私の好みの骨を持っているのが解ってしまう。彼の体は、その骨たちで組み立てられ、デザインされている。カルシウムがいっぱい。私は、カルシウムの量にまで思いを馳《は》せる程、男に心を奪われたことはない。今までつき合って来た男たちには、そんな思い入れを持つことなんてなかった。それは、実際に触れてしまうことから始めたからだと思う。ちらりとのぞいた歯もいい。硬そうだ。あれに耳朶を噛まれることを思う。すると、私の耳には小さな歯形が付いている。ただの錯覚？　そんなことは知っている。でも良いじゃない。鏡を見ていない時には、歯形が残っているような気になったって。私は、甘く痛めつけられるのが好きだ。それも、思いが強過ぎて力が余ってしまったというのがいい。コントロール不可能な情熱を私に下さい。などと、心の中で呟いていたら、彼が、こちらを振り返った。びっくり。でも、大丈夫なのだ。私は、彼との間に何の証拠も残していない。体の中に彼への思いは密封されている。色に出にけり？　そんなへまをするものか。いつのまにか、私の脳みそにはジップロックが付いたみたい。進化して便利になるのは世の中だけじゃない。

他の乗客に押されて、少し窮屈そうに顎を持ち上げる。毎日のことであるのに、この人は、いつも慣れていないという風情だ。いいね。慣れない男は色っぽいよ。だいたい私のつき合って来た男は、すぐに物慣れて堕落する。そこに行き着くのに、ほぼ三カ月。お泊まりの翌朝にトイレに行くのすら恥しがっていた男が、ある時言い出す。あー、うんこしてえ。何なんだよ、いったい。いくら心優しい私だって、うんこをロマンスで覆い隠すことは出来ないよ。こういう時、私は、スカトロマニアが、つくづく羨しくなるのである。つまり、彼らの脳みそさんは、うんこにすら欲望の対象としての価値を与えてやる程に寛容なのであるから。もう、そうなったら恐いものなんてないじゃん。この恋が、いずれさめるのだわ、なんて不安になることもない。悲しいことに、私は、その点、凡人なのだ。うーん、皆、どのようにして、便意を感じる自分の男、あるいは、自分の女を許容しているのか。永遠の命題に、私は思い悩む。だからさ。うんこしてえ、なんて言わずに、黙ってさっさとトイレに行けよ。

朝の電車で、お慕いしているあなた。あなただって、もちろんトイレに行く。もしかしたら、慣れちゃった女に、しょんべんもれそうとか言う類《たぐい》の男かもしれない。けれども、私は、それを知る必要がない。妄想の中でのあなたのもよおす生理現象は、セックスに関する事柄だけ。イェーイ、男は、こうでなくっちゃ。しかも、その欲望は、いつも私に向かっている。そう、いつも、私を欲しいと思っている。男とつき合っている時に、あの人は、私の体目当てでなだけだったのよ、なんて愚痴を言う女がたまにいる。でも、それの何が悪いの？　私は、自分の体目当ての男が好きだ。ただし、それは、私もその男の体目当てだった場合に限るけど。愛は、相手の人格を尊敬することから始まるなんて戯言《たわごと》、実践している人は、本当にいらっしゃるのでしょうか。私も、確かに、始まりは尊敬だ。でも、それは、体を尊敬するってこと。人格って見えないもん。私は、今、彼の体のあらゆるパーツに敬意を払っている。シャツの皺にすら。だって、それだって、彼の体の動きが作るものでしょう？　あっ。上下の唇をこすり合わせた。いとおしくって、たまらないよ、もう。

唇は厚い。口角は上がっている。極めて自然な微笑。どんな学者先生が何を言ったって、私のアルカイックスマイルは、ここにしかない。あれが、ちょっと下卑《げび》た調子で歪《ゆが》むところが見てみたい。彼の舌なめずりは、絶品であろう。たぶん。意外性に満ちている筈だ。品格は、少し崩れた瞬間がおいしい。微笑はよこしまを伴ってこそ女の心をつかむ。つかまれることは同意すること。彼が、私を見て舌なめずりなどしてくれたら、蛇に睨《にら》まれた蛙？　いいえ、それは違う。エイリアンと鉢合わせしたシガニー・ウィーバー？　いいえ、それも違う。舞踏会でロミオに見詰められてしまったジュリエットだ。さながら。そう言えば、ロミオとジュリエットは、一度だけしかセックスしなかったと記憶している。たった一度の良い思いで死までつっ走っちゃうなんて、やるじゃん。脳みそは、きっと、相手へのオブセッションだけで梱包されてしまったのだろう。オブセッション!!　カルバン・クラインも素敵な名前の香水を作るものだ。ああ、ロミオにもつけさせてあげたかった。それ一瓶飲めば、夢見心地で死ねたよ、きっと。

と、次の瞬間、信じられないことが起こった。停車駅で、乗客が乗り降りに伴う大移動を始めた時、押されに押された私は、いつのまにか、彼の隣に来てしまったのだ。ああ、念願。そうなることを夢見てはいたものの、こんなにも早くに幸運に恵まれるとは。彼のつかむ隣かむ。そうだったのか。私は、バーゲンセールのおばばのように全速力で、それをつかむ。そうだったのか。私は、今、やっと、溺れる者はわらをもつかむの意味を知る。もしかしたら違うかもしれないけれど、それに似ている。移動する途中で、私のお尻をつかんだ奴もいたけど、そんなこと、気にしてはいられない。ああ、吊り革。吊り革に、これ程、感謝している女がこの世にいるであろうか。いえ、いない。ささやかな代物に感謝することから一日を始める私を、小学校の担任教師が知っていたら、あんなに意地悪ではなかっただろう。どうだ、おみそれしろ。吊り革を握って、ああ幸せの私は、まるで武者小路実篤のようではないか。こうして、満員電車の中で、脳みそさんは、私を文学者に近付ける。ありがとう。しばし、目を閉じ妄想の世界で遊ぼう。妄想。オブセッション。カルバン・クラインの次の香水は、エタニティ、で、そのまた次は、確かエスケイプと来て、CK・one。おお、隣から、ほのかに漂い私の鼻孔をくすぐるのは、そのお次に来るCK・beではないのか。気付いた途端に、私の乗っている電車は、ニューヨークの地下鉄になる。後ろのおやじが無理矢理折りたたんだ新聞を読もうとしてうっとうしいが、たぶん、それは、ウォールストリートジャーナルなのだ。隣の女のイヤホンから洩れるリズムがうるさいけれども、きっと彼女は、ブロードウェイのオーディションに向かう未来のミュージカルスターなのだ。

しかし。目を開けると現実は厳しい。窓から見える看板には、ファイト一発、だってよ。

腹立たしい気持もよぎるが、今朝は、それも我慢だ。何しろ、私は手掛りをつかんだ。私の男のつけている香り。少なくとも、洗い立ての彼の体が、どの香りをまとうのか、それを学んだ。あのボトルは黒い。彼は、この吊り革を握る手で、あのボトルをつかむのだ。まるで、トリスウィスキーみたいなクールな瓶。トリス⁉　何故、私は、そんな大昔のウィスキーの銘柄を知っているのか。ああ、誰か作家の書いたものを読んだことがあるからだ。そう、その人の名は、開高健。すごい。私は、たった一区間で、二人も作家の名を思い出している。あまり、役に立ってはいないみたいだけれど。

役に立つのは、私の手の隣にぶら下がる彼の腕。いつもと腕時計が違う。革のベルトだ。ムーンフェイズ。良かった。どうやら山男でもないようだ。彼が時計を外す仕草を思い浮かべる。シャツを脱ぐのが先か。革のベルトを外すのが先なのか。いずれにせよ、その前に、彼の手は、私の頬を引き寄せる。舌なめずりは、まだまだ。願わくば、見せかけ程度の精神論を瞳のはしっこあたりに浮かべて欲しい。嘘でも良いから、少しばかり騙《だま》してくれれば、こちらも、お天道《てんとう》さまに顔向け出来る。知性が自分のために失われてしまう、その瞬間が見たいのだ。嵐の前の静けさってやつ？　据え膳の前の躊躇の目撃者に、私はなりたい。

私は、どこから見ても、ごく普通のＯＬ。カフェでのお茶を同僚と楽しみ、背伸びしたブランドの洋服に憧れ、近頃は、アロマテラピーなんかに凝っている。凡庸を心掛けているくせに、他の人とは少し違うと勘違いして、自分探しに精を出している。そんな普通で、キュートな女の子。な、訳ねえだろ。実は、電車の中でひと目惚れした男を見詰めながら、彼とのセックスを夢想して体じゅうを熱くしているとびきりよこしまな女なのだ。昔、少女漫画には、憧れのきみ、というフレーズがあった。笑わせる。でも、私は、今、あえて使いたい。隣のあなたは、憧れのきみ。私は、あなたとの肉体的な関わりを持ってから広がって行く世界に非常に憧れているのさ。沢山の見知らぬ人々に囲まれて、私は、ひそかにマスターベイトしている。これって、そうじゃない？　女は便利だ。頭の中でのマスターベーションを誰にも悟られずにやってのけられる。彼の指、私のブラウスのボタンを外す。下着のストラップを降ろす。爪は短く切られている。その事実を知っているだけで充分。吊り革に並んだ五つの爪。いつのまにか、それらが、私の皮膚の上で遊び始める。私、通勤途中だというのに、いつのまにか、彼に抱かれている。電車の揺れがベッドのそれに思える。ものは考えよう。不快指数百二十パーセントが、いつのまにか快楽百パーセントに。彼のおかげで、私の人生、少なくとも、朝の三十分は極楽を得た。こういうのも片思いと呼ぶのだろうか。朝の電車で、憧れのきみに片思い？　まあ。なんて、私は純情可憐な女。な、訳ねえだろ。本当に、人は何を考えているのか解らないものです。その証拠が私です。こんなに、いやらしい女もいないでしょう。だったら、いやらしくない人間なんているのか。この世に、清廉潔白なんてものはない。頭の片隅は、誰だって、ちょっぴり腐っている。それを有効活用するかしないかは、その人の技量次第。ああ気持いい。だって彼の唇が。降りて来て、吐息が、私の耳を占領するの。囁きは、時に、何よりも素晴しい。

「いつも混みますね」

は？　私は、我に返って声の主を見上げる。憧れのきみと視線が合う。彼が、私にお声をかけてくれたのだわ、きゃー。と、言いたいところだが、気分は、エロ本見ながら自分でしているところを母親に見つけられた少年か。欲求不満の解消に自分でしているところを隣に寝ていた夫に見つけられた人妻か。ううん、それは違う。私は、見初《みそ》められた普通のＯＬ。でも、お慕いしておりましたのよ。

「この電車に乗り始めてから、三カ月くらいなんですけど、こんなに混むとは思わなかったな」

そう言って、困ったように笑う。可愛い。この笑顔、いただきだ。使える。でも、何に？　もしかしたら、もう使う必要もないんじゃないのか。これから、お知り合いになってしまうとしたら。妄想の海が、少しずつ埋め立てられて行くのが解る。彼の声を知った。視線を知った。困惑している。でも、嬉しい。どうする？　よこしまな女の役割を放棄するべき？　私が望んでいるのは埋め立て地なの？　そこを歩きたいの？　それとも、海で泳ぎたいの？

「いつも、これに乗ってるんですか？」

私は、あやふやに頷く。もしも、彼が、私の頭の中で展開されていた情景を知ったら、どう思うだろう。白状したら、顔を赤らめるだろうか。それとも、じゃあ、実現させましょうか、なんて言うかしら。まさか。絵コンテは出来ているからやりやすいとは思うけど。あまりにも朝の痴漢を腹立たしく思った時、私は、その理由について考えた筈だ。綺麗な手をした私を好きでたまらない好みの男が触っても良いですかと尋ねてしかも後でお礼をしてくれたら。許す!! 腹が立つのは、痴漢どもがその条件とかけ離れたところで実力行使に出るからなのだ。殺す!!

「話しかけて迷惑でしたか？」

な、訳ねえだろ、憧れのきみよ。答えようと口を開きかけたその時、またもや乗客に押されて、私は体のバランスを崩した。あろうことか、私は彼に倒れかかり、その腕にしがみ付いた。ああ尖った肘。また埋め立てられる。好きだ。私は、思わず、しがみ付きながらも自分の手を凝視する。綺麗じゃん。これ、綺麗な手だよ。すると、猛烈に手のひらは熱くなる。私は、彼を見上げる。彼は、照れたような表情を浮かべて、私の手を振りほどき、その代わりに、今度は、私の肩に自分の腕を回す。まるで、外部から私を守るように。親切な方。でも、腐った脳みその一部がそうさせているのかも。その思いつきは、ますます私の手を熱くさせる。でも、私の手は綺麗。彼の好みの女。お礼は後ほど。彼の体じゅうに手のひらを押し当てたい。口に出すのは今。頭の中の皺が伸びて消える。ぴん。やばい。

最後の資料

一九九八年の六月十四日という日付を、私は、この先、決して忘れないだろうと思う。サッカーのワールドカップで、日本チームが念願の初出場を果たし、アルゼンチンチームとの初戦にのぞんだからではない。むしろ、あれ程楽しみにしていたテレビの衛星放送を通じての観戦を、すっかり忘れてしまったからだ。その朝、おとうとが死んだ。宇都宮の実家から電話で知らせを受けた後、受話器を元に戻すことも忘れて、私は、しばらくの間、ぼんやりとしていた。そうか、とふと思った。三十三年で、この世からいなくなることもあるのだな。その三十三年間の中で、私が彼と関わったのは、たかだか七、八年である。単純計算をすると、三十三ひく八は二十五の二十五年間の彼のことを私は知らない。この先、彼を思う時、そのたった八年間の記憶を駆使して行かなくてはならない。彼の新しい言葉、新しい振る舞い、新しい考え、それらのものに、もう出会うことはあり得ないのだから。困ったことになった、と思った。何故だか解らない。親しい人間の死に出会うと、私は、いつも困ったことになってしまうのだ。

おとうとが死んで、と口にすると、たいていの人々は、驚きの表情を浮かべた後、さも気の毒そうに、それは大変でしたね、と続ける。そして、弟さんがいらっしゃるとは知りませんでした、と言う。おとうとと言っても、妹の夫なのでと私が付け加えると、皆、一様に、ああ、義理の弟さんでしたかと、ほっとしたような表情を浮かべる。そのたびに、私は思う。どうやら、血のつながりというものは、自分が思っている以上に世間では重要視されているらしいと。私を血のつながり以上に拘束するのは、むしろ、共有した時間の密度だ。その意味では、おとうとと私は血はつながっていなかったにもかかわらず、死んでしまった後でも、彼は私を締め付ける。

今、私の手許に、一冊のノートがある。最後になった入院生活の間に、彼が書き記していた日記だ。脈拍、体温、食事、診察方法などを克明にメモした後に、身辺雑記などが綴られている。死ぬ前日まで、一日も欠かしていない記録である。コクヨのノートの表紙には、幼い娘の落書きがある。それだけが、この日記の唯一のセンティメントを演出しているが、彼自身による記述には、ひと欠片《かけら》のせつなさもない。まるで、警察の取り調べ調書だ、と私は思った。アフリカ系アメリカ人の私の夫に、おとうとの死を伝えた時、彼は、何度も「ガーッデム!!」と呟きながら、部屋じゅうをうろついていた。そうか、こういう場合は神様を呪うのか、と私は不思議な気分になった。運命を呪うよりも、具体的で良いアイデアかもしれない。

彼は、冷静さを取り戻した後、職場に電話をかけ、通夜、告別式のための休暇を申し込んだ。部下に、三、四日分の仕事の指示をした後、電話を切り、その後、恐る恐るというように振り返って私に尋ねた。

「火葬なの？」

私が頷くと、彼は困惑したような表情を浮かべた。

「目の前で焼くの？　つまり、ほら、インドとかみたいに棺に目の前で火を点《つ》けるの？」

私は、思わず吹き出して、焼くところは私たちの目に触れないのだと教えた。彼は、ほっとしたらしく溜息をついていたが、次の私の言葉に愕然とした。

「でも、焼いた後の骨は、私たちが拾うのよ。箸で」

彼は、胸に手を当て、今度は「オーマイガッド！」と叫んだ。今頃、神様にすがっても駄目だと、私は意地悪な気持になった。彼に、強烈な異文化の体験をさせることになる。日本のさまざまな習慣を教えたがっていたおとうとの死が、それをさせるなんて、なんだか皮肉なことだけれど。

おねえさん、とおとうとは私を呼んでいた。必ず、話し始める時に、そう言った。まるで、接頭語か何かのように、おねえさんという言葉を使った。今でも、彼のことを思い出そうとすると、まず、私の耳には、おねえさん、という響きが飛び込んで来る。おねえさん、次はどうしましょうかね。彼の言う「次」とは、私の作品のことだ。私は、罪とは呼べない罪、罰とは呼べない罰をテーマにした短編を書き続けて本にしたいと思っていた。発端は彼の言葉だ。

「この仕事してると、人の罪とか罰とかについて考えちゃうんですよね。でも、考えれば考える程、解んなくなっちゃって。そうだ、おねえさん、そういうこと作品にしてみませんか？」

彼は、捜査一課の刑事だった。私は、彼の扱って来たケースに関するこぼれ話を聞くのが大好きだった。実家に帰ると、私たちは、夜更けまで酒を飲みながら話し込んだ。物書きの義姉を前にして、彼も話し甲斐があるようだった。作品に生かしたいエピソードが山程あった。しかし、それをそのまま小説にすることはたぶんこの先ないであろうとも思った。事実のままでとって置く方が良いことは沢山ある。私が欲しいのは、それを少しだけ逸脱したものであった。彼は、時折、私の質問にとまどっているようだった。何故なら、私が尋ねるのは、死体から香水は匂うのかしら、などという事件の本質から外れたものばかりだったからだ。

短編に取りかかる時、いつも、私は彼に電話をかけた。今度は、こんなのにしようと思うの。すると、彼は、その時テーマにした罪に関する資料をファックスで送ってくれる。実際に使われないであろうことは、彼も解っていたと思う。私は、送られた資料を読む。無機質なイメージのワープロ文字から、いつのまにか物語が立ち上がり、私の頭の中を占領する。書かなくても知っているという心強さが湧いて来て、私は、直接使う訳ではない資料の重要性について考える。ある種の私の作品は、確実に彼によってもたらされたものだ。短編を書き上げた後も、私は彼に電話をかけた。ありがとう、助かったよ、と伝える。その時の決まり文句が、これだった。おねえさん、次はどうしましょうかね。

私には妹が二人いる。長いこと私たち家族には父以外の男が入り込むことはなかった。末の妹は高校を卒業してまもなく結婚してしまい、早々に離婚して、ひとり娘を連れて実家に戻って来て、彼女の元の夫とは交流がない。そして、私の夫は横田基地に勤務するアメリカ人で、片言の日本語しか話せない。いくら、お互いに親愛の情を持ち合っても、相手が本当は何を考えているかなど理解するには無理がある。まん中の妹の結婚相手、つまり死んだおとうとだけが、家族にとって無理なく受け入れることの出来た父に続く第二番目の男だった。皆、彼を「おにい」と呼んでいた。本来なら、末の妹しか使うべきでないこの呼び名を全員が使っていた。年上である私も、義理の両親である父と母も、妻である妹も。アメリカ人の私の夫までもが、「オーニィ」と呼んでいた。まるで、それが、おとうとの本当の名前であるかのように。

おとうとは、彼自身の親族とは、ほとんど交流を持たなかった。同じ市内に住む私の両親の許には、ひんぱんに足を運んだにもかかわらず。どういう事情があったのかは解らない。話がそこに及ぼうとすると、ぼくの家族はここにしかいませんから、と言った。だから、私には、生き別れた父親がいることしか知る術《すべ》もなかった。告別式の日に、私たち家族は初めて彼の父親の姿を見た。肩を落として憔悴《しょうすい》しているふうだったが、声をかける者は誰もいなかった。末の妹が、帰り際に、彼の孫たちの写真を渡した、と言った。泣いていたね。泣いていたよ。母と妹が、そう言って頷き合っていた。もう二度と会うこともないであろう孫の写真を手に、彼は葬儀場を立ち去った。行方不明だった父親を捜し出すなんて、さすが警察ね。私の不謹慎な言葉を夫がたしなめた。葬儀は、すべて私の父がとりしきった。無理に寄せ集められたようなおとうとの親族は、たぶん、ほっとしていたことだろう。血のつながりは、時に、親密な時間の共有には勝てない。おとうとの親族をすべて見送った後、私たち家族は、葬儀場の正面玄関に残された。あまりにも晴れた初夏の午後だった。終わったわねえ、と母が気の抜けたような声で言った。

おとうとの病名は、拡張性心筋症という。発症して五年以上生きた人はほとんどいないと言われる心臓の病だ。初めて検査入院した際、二十代にもかかわらず、彼の心臓は、九十歳の老人と同じ機能しか果たしていなかったそうだ。妹は、二人目の娘を出産したばかりであったので、私たち家族は動揺した。どうしてこんなことにと嘆く母に比べ、父は落ち着いていた。可愛い娘を二人も授けてくれたんだから感謝しなくてはね、とあおざめている妹に諭《さと》すように言った。パパもなかなか良いこと言うじゃん。皆を元気づけようとして口にした私の言葉が空まわりして全員を沈黙させた。私は、真剣になるべき時に、いつも物事を茶化して雰囲気をだいなしにしてしまう。たとえ心臓が九十歳でも、百歳以上生きる人もいるよ、と続けて再び全員が鼻白んだようだった。ただひとり、夫の死の宣告を受けた妹だけが、そうだね、と力なく同意した。

その後、彼の病状は安定していた。彼は、自分の心臓に欠陥があることを知っていたが、私たちは生きている期間が限定されていることを告げなかった。彼は知らない。私たちはそう思っていた。ところが、そうではなかった。私が実家に戻っていたある日の深夜、台所にワインを取りに行くと、隣の座敷で、妹二人とおとうとが敷かれた布団の上で話し込んでいた。私は、ワインの栓を抜きながら聞き耳を立てた。きわめて明るい調子で、おとうとは話し続けていた。限られた命をどう扱うか、について。彼の口調は希望に満ちていた。五年以内で死んだ人間が八十パーセントなら、後二十パーセントも残ってるじゃないか。そんなふうに語っていた。私は、自分のことでもないのに、すっかり気が楽になった。翌朝、末の妹に尋ねた。

「おにい、知ってたんだ」

「知ってた。びっくりした」

「でも、どうやって？」

「調べたんだってさ」

さすが刑事ねえ、と私たち二人は、妙な感心の仕方をした。妹が言った。

「あれだけ前向きなら大丈夫だよ」

しかし、きっかり五年後、彼はいなくなった。

告別式の日、夫は持参した黒のダブルのスーツを着た。自らをタイフォビア（ネクタイ恐怖症）と呼ぶ彼がタイを締めるのは、結婚式と葬式と私が文学賞を受賞する時だけだ。窮屈そうに黒いタイを結んだ彼は、外に出て車を待つ間、陽ざしの強さに耐えられず黒のサングラスをかけた。

「ぼくの格好大丈夫かね。失礼なとこない？」

「すごく素敵よ。素敵過ぎて失礼かもよ」

「どういうこと」

「まるで『ＭＩＢ』に見える」

ＭＩＢとは、その少し前に大ヒットした映画「メン・イン・ブラック」の略である。黒いスーツに黒いタイ、そして、黒いサングラスをかけた政府の極秘エージェントたちがエイリアンをやっつけるのだ。私のために車のドアを開ける夫に言った。

「まあ、今回の場合、エイリアンはあなただけどね」

夫は、腹を立てたらしく、音を立てて勢い良くドアを閉めた。

葬儀場の駐車場に、上の妹の大きなステーションワゴンが停まっていた。後ろの座席がベッドにもなるという大仰なやつだ。おとうとの病気が発覚した時、妹夫婦は分不相応にも思えるその車を迷うことなく購入した。出来る限り家族で楽しい時間を過ごしたいという彼の願いだったのだろう。しょっちゅう遠出して蟹を食べに行ったりしたらしい。実家にも、その車でやって来た。妹が運転していた。途中で倒れられたりしたら困っちゃうものね。そう冗談めかして言う妹の隣でおとうとは、照れたように笑った。スピード違反は、いくら女房でも見逃しませんよ。葬儀の終わった後、私たちは、そのワゴン車に付いて行く格好で、妹の住む警察の官舎に向かった。喪服を着てハンドルを切る妹は、とてもお転婆に見えた。助手席で、母が骨壺を抱いていた。

おねえさん。犯罪は泥棒に始まって泥棒に終わるんですよ。次の短編は、泥棒について書きたいと言った時の彼の言葉だ。嬉しそうだった。病気のため現場からデスクワークに移った彼は、常に欲求不満を抱えていたようだった。私の仕事に協力することで、少しは、それをはらすことが出来たのかもしれない。泥棒は、彼の専門だった。捜査一課の刑事といっても、そうひんぱんに殺人事件やカーチェイスに遭遇する訳ではない。自殺の処理や空巣の通報に駆け回る細々とした仕事をこなす方が多いそうだ。歩き回るから、すぐに靴が駄目になる、と妹が嘆いていた。私も何足か贈ったことがある。もったいなくて履けません、と彼は言っていた。じゃあ、今度、ナイキのハイテクなやつ買ってあげるわよ、と約束した。白がいいかな、と私は言った。合田刑事みたいですね、と彼が笑った。彼は、高村薫の描く合田刑事のファンだった。あんな格好良い訳ないですよ、と言いつつも、入院するたびに、彼は、髙村さんの本を持ち込んでいたらしい。彼の死の知らせを受け取った時、私は、唐突に思い出した。あ、「レディ・ジョーカー」を貸すって言ってたのに忘れてた、と。結局、手紙と写真をはさんで棺に入れた。遅れてごめん、と心の中で謝った。泥棒の話を聞く前に最後の入院生活に入ってしまった彼のせいで、その話は書けなくなった。気を持たせておいて勝手に死ぬな、馬鹿、と手を合わせながら思った。四十九日に妹の家に行くと、玄関に履き古したおとうとの靴が外に向けて置かれていた。聞くと、葬儀社の人にそうするよう言われたのだという。靴底がすり減っていた。忘れていたスニーカーをプレゼントする約束を思い出した。ごめん、とまた謝った。

病気のせいで制約されたものが、おとうとには沢山あった。とりわけ、ヘビースモーカーであった彼にとって、煙草を止めるのはつらそうだった。禁煙して一年程たった頃、私が尋ねた。

「成功したじゃない。もう吸いたくなくなったでしょう？」

「それが駄目なんですよ。今でも、おねえさんの煙草のパッケージを見ると吸いたくて吸いたくて……」

実家に戻り、私が煙草に火を点けると、彼の上の娘は、すぐにそれを取り上げて遺影の前に持って行く。仏壇が妹の家に届く前は位牌に押し付けんばかりに近付けて、大人たちに、パパ燃えちゃうよと叱られていた。彼女は、しばらくの間、出掛ける時にはいつも父親の位牌を持ち歩いていたのだった。ハンカチに包まれたそれは、彼女が抱えると、まるでテニスのラケットか何かのように大きく見えた。

塩分も厳しく制限されていた。妹は、あれこれ薄味の料理を工夫していたようだったが、我慢出来ない時もあったらしい。真夜中、冷蔵庫のドアの前で味噌を舐めていた、と妹が言った。こっそりと味噌を舐める心境は、私には解らない。しかし、開けられた冷蔵庫の明りの中、指ですくう味噌の味は、絶望する程美味であったろうと思う。

そんな彼にも、度を過ごさない程度の酒は許されていた。赤ワインが心臓に良いというので、私は、良くデパートのワイン売り場に足を運んだ。あれこれと店の人の説明を聞きながら少しずつワインの知識を増やして行った。しかし、あまり意味はなかったように思う。私は、店の人の言う安くておいしいワインとやらには目も向けようとしなかった。高価なものであればある程、彼の体には有効なように感じていたのだ。テーブルワインとして、こんなに高いものを、と店の人が呆れているのが解った。ほっといてくれ、と私は心の中で呟いた。私が買おうとしているのは、もはや、酒ではないのだ。ヴィンテージのラベルの前で、私は途方に暮れた。

調達したワインを夜更けに開けて、グラスを傾けている時に、少し酔ったおとうとが言った。

「おねえさん。おねえさんて、ほんと、根っからの作家ですよねえ」

そうだろうか、と私は思った。その言葉を使うのなら、彼にこそ相応《ふさわ》しいのではないか。

今、彼の遺した日記を読み返してみて、改めて思う。

彼は、自分が死に至る場合、それは医療ミスが原因になるだろうと、最後まで疑っていたようだ。ある日を境に、まるで物的証拠を捜すような記述が多くなって行く。医師や看護婦の一挙一動を克明に描写している。専門的な医学用語も網羅していて、驚くばかりだ。しかし、本当に医療ミスがあったのかどうかは、私には解らない。普通の人間であれば、何も問題はないことが、抵抗力の弱った彼の体には持ちこたえられなかったようにも思える。パズルのパーツをひとつひとつ丹念に埋め込んで行きながらも、完成には至らなかった。日記は、そんなふうに終わってしまっている。刑事の勘は、確証を持って初めて生きるということに行き着いてはいない。「事実の認否」という言葉が走り書きされている。宙に浮いたようなその一語を凝視することしか、私には出来ない。

彼は、自分の病気のことを一貫して「今回のケース」と呼んでいる。妹に渡されたノートを開き、この言葉にぶつかった時、私は息を呑んだ。彼にとって、自分の死は、ケースなのだ。しかも、自分が扱って来た最後の。私は、通夜でも告別式でも涙を流さなかった。周囲を明るくしたくて、くだらない冗談ばかり口にしていた。ようやく涙が出て来た。泣いた。誰も見ていなかったので泣きわめいた。そうしながら、どうしたことだろうと思った。私は、彼の死自体よりも、彼の書き残した「今回のケース」という言葉にショックを受けているのだ。同じじゃないか、と感じたのだ。物書きになって、私は楽になった。それは、自分の身にどのような事件が起ころうとも、客観視する習慣を手にしたからだ。大丈夫、やがて作品に結び付く。そう自分に言い聞かせることで、どれ程の問題を片付けて来たことか。私が乗り越えて来たいくつかの出来事は、まさに「今回のケース」として処理されて来たものだった。

医師が診断結果を見て言った「……ねえ」のニュアンスが、ちょっと不安である。六月十三日、死ぬ前日に書かれた最後の一行である。彼の「今回のケース」はそこで打ち切りになった。

根っからの、と言えば、妹も根っからの警察官の妻だったように思う。告別式の後に出された仕出し弁当に、警察関係者がなかなか箸を付けようとしないのに気付いた彼女は、あら忘れてたというように立ち上がり、彼らの許に駆け寄って言った。

「皆さん、勤務中ですから、お帰りになって下さい」

そう言い終わるか終わらないかの内に、全員が一斉に立ち上がり、敬礼して出て行った。

何が起こったんだ、と夫が私に尋ねた。

「オン　デューティ」

私の答えに夫は頷きながら、軍人だった頃を思い出すなあ、と呟いた。私は、世話になった警察関係者に挨拶をして送り出している妹の後ろ姿を見て思わず言った。

「格好良い。映画みたい。喪服が、すごく似合う」

「どうして、いつもきみはそうなんだよ」

夫が、おとうとの下の娘の口に箸を運んでやりながら言った。

「だって、彼女って、昔、ダディズガールだったのに、あんなにしっかりしちゃってさ、おにいのおかげね」

私は、父が泣くのに遭遇したのは、これまでに二度しかないが、そのどちらも、まん中の妹がらみのことだった。一度目は、彼女が背骨を折って、最悪の場合、半身不随になるかもしれないと宣告された時。学生アパートの呼び出し電話から父の嗚咽が聞こえて来た時、何かの冗談かと思った。それ程、彼と泣くというイメージはそぐわないものだった。二度目は、妹の結婚式の時だ。最後の礼のスピーチで派手に泣いていて、私と末の妹を仰天させた。

「あんたの結婚式の時は全然泣かなかったのにねえ」

「それどころか、式場の進行係の不手際にぷりぷり怒ってたよ。おねえちゃんの時はどうだっけ？」

「私は、勝手に結婚しちゃったからさ」

そんな会話を交わす私たちの横で、私の夫だけがもらい泣きしていた。

今、妹の下半身は、二人の娘を軽々と抱き上げられる程にたくましくなり、娘を取り上げられたような理不尽な寂しさを父に与えた男は、もういない。父の涙の原因は、二つとも消えた。

「骨を拾う時、いったい何故、二人でするんでしょうかね」

火葬場で、私は、誰に対してという訳でもなく問いかけた。すると、東京から駆けつけてくれた伯父が言った。

「恐いからじゃないのか?」

何だか説得力がある、と思った。確かに、ひとりで拾うのは恐いような気がする。火葬が終了するまでの間、私たちは控え室でとりとめのない会話を交わしながら待った。夫がひとり、納得が行かないという表情を浮かべていた。火葬場が、まるで工場のようで味けないと言うのだ。

「もっと、エキゾティックな雰囲気を期待していたの?」

私の問いに、彼は、ばつが悪そうに答えた。

「そうじゃないけど……ファクトリーのようなところで順番待ちしてるなんて、悪いじゃないか」

「誰に？」

「彼に」

「今さら気をつかわれても、彼、困っちゃうよ」

「そうか」

おとうとの骨を、私と夫は一緒に拾った。

「箸の持ち方、ちゃんと出来ないんだけど、それでもいいの？　ああ、こんなことなら、ちゃんと慣らしておくんだった」

「馬鹿ね。慣れてる人なんていないわよ」

緊張しながらも無事に事をなしとげた時、夫はハンカチで額の汗を拭いながら溜息をついた。

「もう大丈夫だ。骨は全然恐いものじゃない」

でも、ひとりで拾ったら恐いかもしれないよ。私が、心の中で呟いているのも知らずに、彼は、のんびりとした声で言った。

「骨って、ずい分、綺麗な白なんだなあ」

再び葬儀場に戻るバスの中で、家族の誰もが無言だった。骨は、人を諦めさせる、と私は、そんなことを思った。

仕出し弁当をつつきながら、東京の伯父たちと私たち夫婦は、日本とアメリカの葬儀の違いなどについて話した。伯父のひとりは、もう既に墓を購入済みだと語った。アメリカでも墓地のスペースの確保が困難になって来ている、と夫が言った。新しい棺は、どんどん古い棺に重ねて埋められて行くのだそうだ。だから埋葬のたびに古い棺を掘り起こさなくてはならない。段々ベッドみたいだねえ、と伯父と私は妙に感心した。

「散骨というのは、こちらの考え方が古いのか、どうも受け入れられないねえ。きみはどうなの？」

伯父の問いに私は答えた。

「私は、その方がいいな。出来れば、南の島の海辺あたりだと嬉しいですねえ。あなたはどう？」

私は、夫に尋ねた。

「ぼくは埋葬してもらうのがいい。埋めてもらって、段々、腐って行って、蛆虫《うじむし》が湧いて来る」

「腐って行くのが良いの!?」

「うん。その内、元の姿もなくなって、土に染み込んで、地球の一部になるんだ」

「ヤッホー、海と大地を私たちが占領するのね」

夫が困ったように微笑んで、私を抱き寄せて口づけたが、その私たちの様子程、日本式の葬儀にそぐわないものはなかっただろう。おねえさん。おとうとの声が聞こえたような気がする。こんな時なんだから、神妙な振りをして下さいよ、と。

最後に、おとうとと交わした言葉は、何だっただろうと思い出す。また作品のことで電話するかもよ、と私が言った。喜んで協力しますから、いつでもどうぞ、と彼が答えて片手を上げた。その日、一日じゅう、彼がだるそうに横になっていたのが少し気にかかったが、私は、彼が死ぬかもしれない体であることを忘れていた。妻である妹以外は、皆、忘れていたと思う。このまま彼は普通に生き続ける、全員で、そう思い込もうとしていたのかもしれない。数日後、彼は、最後の入院生活に入ったが、母もこんなふうに言っていた。

「検査入院ですって。秋に子供たちを連れて旅行したいから、今の内に入院しておきたいって自分から言い出したそうよ。あの病院嫌いが」

自分の体が今までとは違う、と彼は思ったに違いない。私は、ただ、あの大きな車でドライブを楽しむ妹たちの姿を思い出して微笑ましい気分になっていた。今、彼の最後の五年間について思うと、それらの日々は、あまりにも凝縮されていたことに気付き、息が詰まりそうになる。

彼の娘が、聞き訳のないことを言い出し、泣き止まなくなってしまったことがあった。階段に座り込み、駄々をこねる娘を、彼は、長い時間、静かな口調で諭そうとしていた。そんな彼に、私は言ったものだ。そんなに子供を甘やかすなんて信じられないわ。もっと厳しく叱れば良いじゃない。すると、彼は、なだめていた娘から顔を上げて私を見た。

「おねえさん。ぼく、娘たちに悪い印象を残したくないんですよ」

私は、言葉を失った。彼は、自分が近い将来、娘たちの前からいなくなるのを前提として、彼女たちに接していたのだ。

発病前、妹夫婦は良く喧嘩をしていた。どの夫婦にでもあるような原因に端を発している類の喧嘩だったが、それがまったくなくなった。末の妹が、ある朝、言った。

「あの二人、本当に仲良いよねえ。昨夜遅く、水を飲もうと下に降りて来たんだけど、寝ている筈の二人の部屋から、くすくすくすくす笑い声が聞こえたんだよ。どうしたんだろうって聞いてたら、二人で、じゃんけんなんかしてるんだよ。信じられないと思わない？　勝ったとか、負けたとか言って、ずうっと、じゃんけんし続けているんだよ」

襖《ふすま》の向こう側で、じゃんけんぽんという声とひそやかな笑いに、二人は何を重ね合わせていたのか。ノートに記された冷静な記述との対比に、私は頭を悩ませる。おねえさん。次はどうしましょうかね。私は、やはり、困っている。目の前に開かれたコクヨのノート。これを使い切ってしまったら、もはや、私には、彼の言うところの、次、がない。

あとがき

たとえば、自分以外の人を殺した時、その人は糾弾《きゅうだん》される。法によって裁かれる前段階で必ずそうされる。当事者でない者たちが、やっきになって裁く側にまわろうとする姿に、映像や活字の世界で出会う時、私は、いつも困惑する。罪人と呼ばれることになった人。確かに弁護の余地などない。けれども、私は、ふと思ってしまうのだ。何故、自分は、彼、あるいは彼女、ではなかったのか。いったい、どこで、そうならずにすんだのだろうか。その人と自分を隔てたものは何だったのだろう。罪人と呼ばれる可能性は、いつだって私の内に潜んでいるというのに。常識、理性、倫理、概念。作品の中では破壊してしまえるこれらのものを、私は、日常生活では飼い慣らすのに成功している。少なくとも、今のところは。それでは、明日は？　あさっては？　将来は？　そんなことは解らない。解っているのは、罪人になり得る私には、犯罪と呼ばれる分野について語る資格はないこと。ましてや、どこかで、誰かを殺した人間よりも、自分を傷付けた目の前の人間の方が、憎いと感じる私には。なんという自分本位。でも、どうにも出来ない。いつだって、私にとっての罪人は、私の前にしかいない。ところが、そこに、時間という拘置期間が与えられるとどうだろう。その人は、いつのまにか罪人ではなくなり、時には、自分自身に罪条が与えられる。それに気付いた時に湧き上がる苦い思い。それが、私に対する罰だ。

罪の意識、という言葉が好きだ。洗練のひとつの方法のような気がする。しかし、人を、もっと大人にするのは、自分以外の人間が持つ罪の意識を悟ることだろう。それを優しく埋めてやろうとする時、私たちは甘い罰の与え方を知る。すると、声高《こわだか》な糾弾などとは、まったく無縁の場所で、きわめて個人的な罪と罰の物語が、ひそやかに息をつく。今回は、そんな瞬間に生まれたナインストーリーズ。

人との関係を作って行く時、必ず、後悔という事態に遭遇する。避けられないことだ。それでは、何故、後悔するのか。それは、常軌を逸してしまう瞬間に出会うからだ。そういう時、たいてい目の前の人間が自分と同じようには常軌を逸してはいなかったことに、後で気付くからだ。ああ、なんという馬鹿なことを。頭を抱えてそう思う。自分に何故、あんなことが出来たのか解らない。我を忘れていたのだ。自分を失うという罪。悔やみ切れない思いという罰。けれど、それらがなかったら、人間関係は、なんと味気ない代物になってしまうことか。永遠のパラドックス。それを抱える故に、共に過ごす時間は、とてつもなく甘い。私は、これからも、出会いのひとつひとつに常軌を逸し、そして、常軌を逸する人を見詰めて記憶の中でノートをつける。それが、真剣な遊びとして成立して行くのか、心地良く遊び疲れた末のライフワークとして続けられて行くのかは、まだ解らない。

　ところで、この作品集の中で、たった一編だけ、特定の人物に対して書かれたものがある。ここで、改めて説明するまでもなく、ラストに収められた「最後の資料」のことだが、これは、昨年、他界した義弟に捧げたいと思う。彼の言葉がなかったら、この作品集を書き始めるのは不可能だった。

　彼の葬儀の最中、嘆き悲しむ周囲の人々を、不思議そうに見渡しながら、彼の上の娘が言った。

「パパは死んでないよ。パパは、こんなかに、うじゃうじゃ生きてるんだよ。本当だよ」

　そして、自分の胸を何度も叩いた。物書きの立場から思うに、私は、今まで、これ程、稚《ち》拙《せつ》でありながら、力強い言葉に出会ったことがない。私は、永遠に、そこに到達出来ないような気がしている。願わくば、二人の娘が成長した時、この作品を読んで、自分たちの父親がどのように死んで行ったのかという記憶を掘り起こしてくれたら、こんなに嬉しいことはない。

　今回も、本を作るにあたって、幻冬舎の石原正康くんにはお世話になった。ほんとにありがとう。出会って、もうじき十五年。その間、どれ程の罪と罰を打ち明けあったことか。私たちは、二人共、常軌を逸しやすい人種。それなのに、お互いのために常軌を逸したことはないね。どうやら、そういう関係を、世間では友情と呼ぶらしいよ。

山田詠美

解説――不思議な爽快感

川上弘美

爽快感、という言葉は少し違うような気もするのだが。恰好がいい。しゃんとしている。粋。気分がいい。膝を打ち感じ。いや、やはりそのどれだけでもない。そのどれをも含んでいて、かつ最後に無上の爽快感を感じさせるのだ。山田詠美さんの小説は。

書きたいことを書きたいように書く、ということはとても難しいことだ。自分の手と頭を使って言葉を並べているのに、思っていることから文章はどんどん離れてゆく。ところが山田詠美さんの手にかかると、言葉はなめらかに流れ出る。情景はすっと目の前にあらわれる。情景の中の人間たちは確固としたリアリティーをもつ。
そのことが、どれほど困難なことか。一度でもまとまった文章を書こうとしたことのある人間ならば、知っていることだろう。おおかたのとき、わたしたちは自分の思うようには言葉をあやつることができない。それはたとえばサッカーのボールを、世界のひとにぎりの抜きんでた選手しか自在にはあやつれないことと、よく似ている。

感じたことしか口にしない。感じたいことしか口にしない。一番難しいのは、このことだと思う。女に演技をさせる男は大勢いて、そして、当の男たちは、そのことに気付いていない。(中略)大仰さを取り除き、焦点を合わせたセックスに必要なのは、男の体とベッドにシーツ、そして時にはコンドーム。最小限のアイテムがそれだけですむ、世にも素朴なお楽しみ。彼女はチープシックが好きなのだ。

(YO-YO)

ふと入ったバーのバーテンダーを自分から誘った美加が、そのバーテンダーと入ったホテルのシーツの中でおもう感慨である。
恋愛小説は多くあるけれど、「感じたことしか口にしない。感じたいことしか口にしない」

と主人公に言わせた小説なんて、ほとんどゼロに等しいのではないか。盲点を、ぐっと突かれたような気分だった。

自分の欲望を知っていること。その欲望を正しく表現すること。それがかんじん。主人公のせりふは、そういう意味をふくませたものだ。でも、自分の欲望を、過大でも過少でもなく知ることとって、ひどく難しいことだ。そのうえそれを正しくかつシンプルに表現するなんて、さらに難しい。

けれど山田詠美さんの小説の中では、困難はやすやすとクリアされる。というよりも、困難をクリアできる者しか、山田詠美さんの小説には登場しない。ぼうっと読んでいるときには気づかないのだが、山田詠美さんの小説に出てくるひとたちは、なんというか、名人みたいな人たちばかりだ。その小説の舞台にあがることができるのは、きびしい倍率のオーディションをくぐりぬけた、名人級の役者たちだけなのだ。

「熱いジャズの焼き菓子」の黒木と泰蔵。「解答」の早川公平。「ＹＯ－ＹＯ」の美加と門田。「瞳の致死量」のダンケとメルシー。「マグネット」の由美子。「ＣＯＸ」のルルとオリビエ、ＪＰ、ティエリー。「アイロン」の「私」。一見名人に見えない「ＬＩＰＳ」の「ぼく」に騙される女たちでさえ、じゅうぶんに名人だ。

名人。いったい彼ら彼女らは、何にかんする名人なのだろう。

それはつまり、先にあげた言葉、「感じたことしか口にしない。感じたいことしか口にしない」に象徴されるもの全体、である。

どうでもいい逡巡《しゅんじゅん》なんか、しないこと。けれど逡巡を軽くみたりもしないこと。人にどう見られるか、世間の規範はどうか、などということを、考えもしないわけではないこと。けれど、考えてばかりいては決して自分のほんとうに思う場所へ行けないと、知っていること。

機会は二度はめぐって来ないことを承知していること。けれどあえて機会をのがす粋さも、ときには発揮できること。

自分がたいしたものではないとわかっていること。けれどたいしたものではないということ自体が、実にたいしたことではないということも、わかっていること。ひるがえって、だからいっそのこと、自分は唯一無二のものであるという一種自己背反的な自負を持てるようになったこと。

役者たちは、さまざまな役を演じているけれど、彼ら彼女らに共通するのは、こういった、生きてゆくうえでの「洗練」だ。

洗練は、洗練を意識したとたんに、洗練ではなくなる。粋と無粋《ぶすい》とが表裏一体なのと同じく。

山田詠美さんの小説の素敵なところは、たいそう洗練されたものでありながら、どんなときにも「洗練なんか、くそくらえ」と叫びつづけているところだろう。

「どうして、ぼくを誘ったんです？」

突然、女が男を誘った場合、男の十人に七人は、同じ台詞を言う。八人目は、こう言う。こうなることは解っていたんだ。予言者か。九人目は、こう言う。シャワー先に使って良いかな。風呂好きか。十人目は、不言実行の無我夢中状態。言葉よりも先に、キスの音色が口をつく。すごい吸引力。掃除機内蔵か。

（YO‐YO）

文章は、それがどんな種類の文章であれ、作者がうっとりと自己陶酔していることがほの見えてしまったとたんに、ものすごく恥ずかしいものになる。反対に、それがどんなにうっとりとして見えるものだとしても、文章の背後で、作者がその文章に対して、「ほんと？」「おいおい」「かーっ」「まあそんなところか」「でもやっぱり」と地道なつっこみを入れながら書いていることが感じられたとき、リアリティーと安心感を獲得する。

挙げた文章は、いつだって自分の文章を客観的に見ながら書いているだろう山田詠美さんの面目躍如《めんもくやくじょ》たる部分がきれいに出ているところ。山田詠美さんの小説には、正面切った流麗でロマンティックな文章も多くあるけれど、そのどれもが、背後にこの文章にあらわれている「作者のつっこみ」を隠しているのだと思う。

隠しながら、きれいに歌ってみせる。それがまた、粋だ。照れている身振りの恥ずかしさも、山田詠美さんはよく知っている。照れて、自分を可愛らしく見せることのずるさを、いつだって一蹴《いっしゅう》してくれる。

名人級の役者たち、と書いたが、結びの一篇「最後の資料」だけは、「役者」が演じている舞台の上から降りたところにある作品である。

せつない話だ。山田詠美さんの小説は、みんなせつないけれど、この小説は中でもとりわけせつない。

舞台を降りた、と書いたが、むろんこの作品も小説であるからには、ある種の舞台の上に乗っている。それはおそらく観客である読者が座っているのと同じ高さの舞台である。登場する役者たちは、舞台が始まる時間になると、観客席からすっと立ち上がり、観客たちと似た服装のまま、ゆっくりと観客席と地つづきの舞台にすべり出る。

役者たちは、名人であることを見せない。歌もうたわない。ただたんたんと、演じる。演じているのか、そうでないのかもわからないくらい、たんたんと。

「彼は、高村薫が描く合田刑事のファンだった」という文章に、わたしは少しの間、泣いた。ここにあるのは「名人」の演技ではない。それでは「普通の人」の演技かといえば、むろんそうではない。ここにあるのは、ただの「人」である。名人も名人でないも、最後のところは同じ「人」。そういう意味での、「人」である。

茶目っ気をもってしたり、エスプリをきかせたり、かなしみを湛えたりしながら、さまざまな舞台をつくってきた作者の、これはなんと安らかな舞台なんだろう、と思う。安らかで、そして、しみじみと、せつない。そこに人が生きているから。そこに人が生きていたから。名人である役者たちが、舞台を降りて家に帰り、ただ静かにソファにもたれているような、ただ窓の外をじっと眺めているような、そんな姿を描いてみせたこの作品が、わたしはとても好きだ。同時に、山田詠美さんという小説家の腕が描きだす空間の広さに、感じ入る。

そのうえで、やはり最後にわたしは爽快感をおぼえたのだ。哀しいのに、せつないのに、爽快。世にも不思議な、爽快感である。

――作家

この作品は一九九九年四月小社より刊行されたものです。

マグネット

山《やま》田《だ》詠《えい》美《み》

平成14年4月25日　初版発行

発行者――見城　徹
発行所――株式会社幻冬舎
〒151-0051東京都渋谷区千駄ヶ谷4-9-7
電話　03（5411）6222（営業）
03（5411）6211（編集）
振替00120-8-767643

印刷・製本―中央精版印刷株式会社
装丁者――髙橋雅之

万一、落丁乱丁のある場合は送料当社負担で
お取替致します。小社宛にお送り下さい。
定価はカバーに表示してあります。

幻冬舎文庫

ISBN4-344-40235-9　C0193　や-1-10